人生相谈

[日]真梨幸子 著

戴枫 译

台海出版社

◇千本櫻文庫◇

◇前言 PREFACE

　　文库，原本是指收纳书物的仓库和书库，也指收纳书与记事簿，以及不常用物品的小箱子。以前者为例，京滨急行线的"金泽文库站"就是以前镰仓时代北条氏用来收藏汉书用的，"金泽文库"名字的由来便是如此。东京都的世田谷区也存在着收集着珍贵汉书的"静嘉堂文库"。后者则更多地被称为"手文库"。

　　江户时代以来，可以放入袖袂的小开本书籍逐渐流行起来，被称为"袖珍本"。明治三十六年（1903年），富山房发行了小开本的丛书，起名"袖珍名著文库"。随后，明治四十四年（1911年），讲述战国时代的猿飞佐助和雾隐才藏系列故事的讲谈社"立川文库"发行出版。讲谈是日本民间艺术，以口语化的方式讲述历史故事的形式。而"立川文库"则是将讲谈收录成册集中出版的丛书，据统计，当时刊行量为200册左右。从那时起，文库就脱离了原本的释义，逐渐演变成了现在的类书集丛。

　　文库的说法借鉴了日本出版业界的传统说法。而千本樱源自日本奈良县吉野山樱花盛开的奇景，世人皆称"一目千本樱"来形容樱花美景。千本樱文库的纳入作品皆为日系作品，题材包括推理、悬疑、幻想、青春、文化等类型，正如千本樱满山盛开的绝景。

现代日本，以"文库"命名刊行的丛书系列有200种以上，所谓"文库本"只不过是统称而已。日本传统的"文库本"常用的是A6尺寸的148mm×105mm，也叫"A6判"。千本樱文库的所有书籍将在"文库本"的基础上提升，达到148mm×210mm的开本标准。追求还原的前提下，力图带给读者更清晰的阅读体验。

真梨幸子被读者们称为"致郁系推理女王"，所谓的"致郁系推理"指的是那些读起来让人心生不悦，但又克制不住想读下去的作品，而真梨幸子就是一位擅长描写人物阴暗面的实力派作家。本作中的登场人物在她的笔下都显得非常真实与立体，人物之间错综复杂的爱恨纠葛也表现得淋漓尽致。邪恶的杀意就隐藏在那一个个让人感同身受的人生烦恼之中，而这些人生烦恼的背后更隐藏着一个跨越二十年的人生悲剧。

千本樱文库编辑部

MULTI-NEW ROUTES OF MYSTERIES

推理的多元新航路

　　如今，推理已经成为全世界都非常热衷的娱乐元素，冠以推理概念的动漫作品、影视作品、游戏作品更是层出不穷。

　　随着这些娱乐形式深入到生活的方方面面，作为原生土壤的推理小说却日益被边缘化。为了适应不同时代读者的需求，推理小说也会进行相应调整。因此，世界各国的推理小说都在探索新的内容与形式。

　　不同的时代会涌现不同风格的文学作品，推理小说也无法脱离时代背景。在经济全球化愈演愈烈的现在，推理也在多元化的大航海中不断开辟着新的航路。所以，我们不仅要挖掘深埋于历史中的名作，也要竭力推广优秀的新作品。

　　从某种角度来说，奖项和销量是衡量一部作品的重要指标，获奖作品与畅销作品也代表着所处时代的文化趋势。但是，任何时代都有很多充满创作热情的作者，他们的作品或许没能满足当时市场的需求，却同样富有个性与魅力。

　　"推理的多元新航路"旨在敢为人先，在发现、传播新人佳作，为推理文化注入活力的同时，我们也想将埋藏于历史的杰出作品，传递给热爱推理文化的读者。宛如大航海时代一样，这些作品联结古今文化，让我们共享推理盛宴。

 千本樱文库

人生相谈

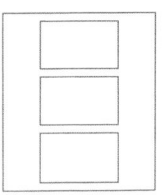

借住在我家的女人赖着不走	001
我真是受不了那个客人	033
隔壁邻居太烦人，我要神经衰弱了	061
性骚扰案有时效吗？	095
我捡到一大笔钱，请问我该怎么办？	129
好爱西城秀树啊	157
我户头的钱被人取走了	187
占卜这东西准吗？	219
请救救我们	255

借住在我家的

女人赖着不走

人生相谈

借住在我家的女人赖着不走

我是一名十六岁的女高中生,最近非常烦恼。

我父亲六年前过世,从那以后,我就跟母亲、奶奶和弟弟一起在父亲留给我们的房子里,节衣缩食地过日子。我们家是平房,2DK户型①,地点在东京的近郊。

大概是四年前,我奶奶不知道从哪带回来一个女的,看起来四十岁上下吧。她好像有什么苦衷,在找工作和住的地方。因为听说她的身世很可怜,而且看起来真的很困难,妈妈和奶奶就同意让她借住在我们家一段时间。

但是后来,这个女的根本没有去找工作和新房子,直接在我们家安顿下来了。九平方米的大房间被她霸占,我们一家四口只能缩在旁边七平方米的小房间里。她还把她的两个小孩都带了过来,搞得两室的房子住了整整七个人。而且生活费她好像一分钱都没有出过,水、电、煤气和餐费噌噌地涨,账本上每个月都是赤字。从前我们靠着爸爸留下的保险金和奶奶的养老金还有妈妈打工的收入勉强度日,可是这家人来了以后,有时常常要靠现金贷款才周转得过来。

---

① 指除浴室和厕所外有两间起居室,以及一间厨(Kitchen)餐(Dining room)厅的户型。——译者注

妈妈催奶奶去说说，最起码让她们交点生活费也好。可是奶奶总做和事佬，说她们母子可怜，根本不听劝。这也就算了，我奶奶居然还反过来给对方钱，好像被那个女的迷住了一样。这下那个女的一家更得意了，成天在家里耀武扬威。她的小孩把我弟弟的玩具跟衣服全抢走不说，还老是欺负他。

去年奶奶去世，我们本来以为，这下她们总该搬走了吧？结果那女的居然说，她跟我奶奶签了租赁合同，所以我们不能随便赶她们走。如果想让她们搬走，就要赔她一百万日元搬迁费。

搬迁费！还要一百万日元！那么大一笔钱，我们怎么付得起啊？从那以后我妈彻底蔫了，任那女的说什么就是什么。

目前家里的状况，都不知道谁才是这家的主人了。

再这样下去，我们家会被那个女的抢走的。

我很想把她跟她的两个小孩赶走，可是我应该怎么做呢？搬迁费肯定是付不出来的。我真的很烦恼，请给我一些建议吧。

（烦恼的家主之女）

人生相谈

1

"只能杀人了。"

窃窃私语的是妈妈和姐姐。

我紧紧捏住被子的一角。

每到这个时间,妈妈和姐姐一定会开始谈这件事。一般是在我钻进被窝一小时后,大概刚过夜晚十一点。她们俩会进到这个房间来,轻手轻脚地铺被子。每次她们的动静都会把我吵醒,但她们从来不会发现。然后,其中一人就会开始抱怨。

"今天的咖喱又有股怪味儿,她是不是又加什么了?"

"上次味噌汤里还有头发呢。真离谱!"

"是故意的吗?"

"肯定是故意的了!她总有一天敢下毒的。"

"再这么下去,我们真的会被她弄死。"

"只能杀人了。"

——只能杀人了。

这句话听了多少次呢?恐怕,它已经相当于"晚安""早安"一类的招呼了。因为每次一说"只能杀人了"这句话之后,妈妈和姐姐都会陷入沉默。再过一会儿,就会听到睡着的呼吸声。

但是，今天不一样。

她们俩进了被窝以后，还在窃窃私语。

"那要怎么杀？"

"给她们茶里下毒什么的。"

"下毒可不行，会留痕迹的。而且，毒药从哪儿弄啊？"

"那……用菜刀捅死？"

"可以是可以，善后很麻烦，会流很多血的。"

"那直接勒死？绞杀的话，就不会出血了吧？"

"那然后呢？尸体怎么办？"

"分尸之类的？"

"别呀！那多恶心。"

"那找个地方埋了？"

"埋哪里？"

"山里？"

"山？这附近哪有山啊？"

"那……丢到八王子那边？"

"那得准备辆车子了。"

"尽量找大点的车，比如面包车，或者小货车。"

小货车？难道，要把他们一家人都杀了吗？

我把被子的角捏得更紧，然后紧紧地咬住牙关。不然我的牙齿打战，会发出声音的。

人生相谈

妈妈和姐姐还在讨论那件事。看来今天的事相当挑战她们的底线。可就算这样，可就算这样……

+

我们一家，住在从新宿出发坐小田急线①约四十分钟，再转乘巴士十分钟左右可达的一间小平房里。搬进这栋2DK的房子，大约是我上小学时的事。

因为我那时很小，不太清楚具体原因，但这房子里除了我们一家，不知为何还住着另一家人。我们不是亲戚。用妈妈的话说，那家人是"食客"，是我们家的"寄生虫"。要是这群食客有点食客的自觉，平常懂得礼貌客气也就罢了，可那家人的表现，简直就像把我家当成了自己家。

那家人在门口的名牌上大大地写上自己的名字，电话一响，也会抢先去接，然后报上自己的姓氏。

妈妈不知跟她们说了多少次，可从来没人听。那家人甚至还会回瞪，恐吓我们。

洗澡也总是她们先洗。等到我去洗的时候，浴桶里的热水不但所剩无几，还漂着头发、泥垢之类的东西，看得我一阵恶心。这些人到

---

① 小田急线，日本小田急电铁公司私营的铁道路线，由东京都新宿区新宿站始发，终到神奈川县小田原市小田原站。——译者注

底长的什么神经啊？简直就像一家子强盗。我恨死那家人了。

而其中我最讨厌的人，就是"小健"。

小健是那家两个孩子里比较小的那个，他明明比我低一个年级，态度却十分嚣张。不但会玩我的游戏机，霸占我的玩具，还若无其事地穿我的衣服，一不注意，我的零食就会被他吃个精光。

明明只是食客。

明明是个笨蛋。

明明比我还小。

那个家伙真是讨厌死了。

今天早上也是——

对了，其实后天是星期天，我要办一个生日会。

其实我有点不好意思办生日会，因为我觉得，那都是女生才搞的东西。不过最近办生日会的男生也多起来了。今年开始，都已经有三个男生邀请我去参加他们的生日派对了。当然这种派对不是全班都请的，只会选特定的几个人，等到放学后悄悄给邀请函。这个话我自己说不太好，不过我算是我们班的红人，所以每次要办生日派对，一定会受到邀请。我其实觉得挺麻烦的，因为去参加派对就要买礼物，也太花钱了吧！但是，小学生也要注重人际关系，所以每次他们请我的时候，我都会喊："真的吗？太好了！"然后兴奋地上蹿下跳，尽可能地表现出开心的样子给对方看。总是记得表现出这样的情绪，也是

人生相谈

我一直大受欢迎的秘诀。

所以，这次轮到我开生日会了。我跟妈妈说了以后，她一开始还不知道该怎么办，但是很快就来了劲儿。我妈妈骨子里是个喜欢热闹的人，她最爱参加这种庆祝活动了。姐姐也说，既然要办就好好办，弄个全班最热闹的生日派对。我姐姐很不服输，什么事情都喜欢争第一。

后来我们就满脑子都是生日派对的事。邀请函要什么样的？订个什么样的蛋糕？派对的时候，要做什么给大家吃呢？

但是，还有个问题。

就是我们家的"食客"。

要是那天他们在家里，精心准备的生日派对就全糟蹋了。何况，我要怎么跟同学们解释那家人的来历啊？

而且，就算不提这个，我们家只有两个房间，其中一个还被他们霸占着呢。

"星期天的时候，你们可以暂时把房子空出来吗？"

今天早上吃早餐的时候，妈妈在餐桌旁犹犹豫豫地问。但是那家人都装作没听见。妈妈也不服输，她抬高了一点点嗓门，又说了一次：

"后天，我们想在家里开个生日派对，大概有十五个小朋友会过来，所以一个房间坐不下，要两个房间才行。"

"生日派对？"

小健像猴子一样怪叫起来。

"我也要办生日派对!"

小健这个家伙总是这样,什么都爱学别人的,抢别人的。

"我也要!我也要嘛!"

他就是觉得,只要这么闹一闹,别人就会满足他。

"那你的生日是什么时候呢?"

我的姐姐开口打圆场。

"十二月。"

"那不是还有两个多月嘛!而且十二月的时候,不是还有圣诞节吗?"

我妈妈有点无语地回答。

"小健,下下个月一定给你办生日会。"

可能是不满意妈妈的态度,小芙在旁边忽然插嘴。

小芙是小健的姐姐,也很难对付。她总是凶巴巴的,仗着我们跟她客气,总想什么都自己说了算。

"今年圣诞要过,生日也另外给你过,所以你别吵,乖乖吃饭。"

小芙的语气很严厉,听了她的呵斥,小健一下就安分了。虽然他没大没小又任性调皮,但是唯独怕小芙。我从来没见过他敢跟小芙顶嘴。

小健是乖乖闭嘴了,但问题不在这里。

问题还是我的生日派对。

人生相谈

后天办派对的时候，食客一家要是在家里，真的会很碍事，必须想办法把他们一家赶出去。

"不行，后天我约了朋友来家里玩的。"

可是，小芙却固执地不肯退让。

"不能让朋友改天吗？"

我妈妈一边窥探小芙的脸色，一边说。

"不行。因为是很久以前就约好了的。"

"可是，生日派对，一年就只有这么一次啊。"

"那阿姨你们换个地方办不就好了，比如家庭餐厅，还有汉堡店之类的，我听说最近有的店有这种业务了啊。"

"但是去这些地方，应该会很花钱……吧？"

"没钱那就去借钱嘛。"

妈妈的脸色很难看，姐姐也是。

我的脸色大概也好不到哪里去。

明明你们才是寄人篱下，为什么我们要顾虑你家的安排，自己还得出一大笔钱，跑到别的地方办生日派对？而且，竟然还叫我们去借钱？

太不要脸了吧！

真的太不要脸了！

小健不知道跑哪去了。我扭头一看，他拿着一盒美工刀，正往他的书包里塞。

可那是我的啊！还有他拿的铅笔盒，还有垫板，还有笔记本，还有那个书包，全部都是我的！

气死我了，气死我了，气死我了！

我不知什么时候哭了起来，眼泪怎么擦都流个不停。

"算了！这个生日派对我不办了。"

我恨恨地说道。

因为就算办了，我收到的生日礼物也都会被小健拿走，绝对会的！那干脆不办好了，我不想比现在更窝囊了。

强烈的冲动促使我走向小健，抢走他手里的书包，抽出里面所有的课本，再把我自己的课本塞进去。

小健又像猴子一样吱哇乱叫抗议。小芙也黑下脸，开始骂我。

吵死了，都闭嘴！

我丢下这句话，冲出了家门。

胸口好难受，既悔，又恨，还有窝囊。我往学校逃去。都这样了居然还坚强地跑去上学，我觉得自己好可怜啊。

"等一下！"

我的姐姐追了过来。

"没事的，生日派对我们一定给你办。"

"可是……"

"姐姐跟妈妈会想办法，不哭啊。"

说着姐姐帮我擦了擦眼泪，但是我心里还是很难受，就像有一团

人生相谈

团黑烟堵在胸口。

这个生日派对，真的能办起来吗？

到了吃晚饭的时候，我心里的黑烟都没有消失，不但没有消失，还越来越浓了。

那天的晚餐是咖喱饭。

我喜欢牛肉，可是因为这群食客，最近天天吃猪肉。我不讨厌猪肉本身，但是不喜欢便宜的进口肉上大块的肥肉。可是摆在我面前的这盘咖喱饭，简直就像倒在烂泥堆里的剩饭一样，放了一大堆油腻腻的肥肉。今天好像是和子阿姨做的饭。和子阿姨就是小芙和小健的妈妈。她这个人不爱说话，也看不出平时到底在想什么。我妈妈好像挺怕她的，说她这个人"很阴险""太沉闷"，总是躲着她走。和子阿姨的确阴恻恻的。虽然她不会明说，但是光看她那阴险的目光，就知道她心里暗暗看不起我们。就连现在，和子阿姨也眯缝着眼睛，盯着我的手看。她在用眼神威胁我，如果敢剩饭，她可说不准我会有什么下场。这肯定是她的报复，因为今天早上，我抢了小健的书包。可是那个书包本来就是我的啊！对啊，那是我的。咖喱的气味直冲我的鼻子。

我看看旁边，妈妈和姐姐都皱着眉头，盯着咖喱看。她们好像也在怀疑什么。

就是啊，这咖喱不仅仅是肥肉的问题，还有股明显的怪味。虽然闻起来还算是咖喱味，可是里面还混着一股刺鼻的馊味儿。

我想起最近常常听人提起的"咖喱杀人案"。据说，W县有个女人在咖喱里下毒，毒死了人。想想那个女人的面孔，隐隐约约跟和子阿姨有点像。

我的背上，不禁泛起一股凉意。

"怎么不吃啊？"

小芙坏笑着问道。她自己手上拿着的食物，却是比萨。

那是刚刚外卖送来的至尊混合比萨，放了好多培根、虾仁和玉米，芝士还拉着丝，看起来格外诱人。那是外送比萨里面最贵的一种，我也馋了好久。每次看到那张垂在电话桌旁边的传单时，我都忍不住咽口水。那种比萨现在就在我的眼前，可是我吃的东西，却是像猪食一样不知道用什么做的咖喱饭。空气中飘荡的是比萨的香气，我眼前摆的却是散发出古怪臭味的咖喱。

我好想哭，眼眶周围一圈也烫得发痛，我的眼泪已经涌到门口了。

"怎么不吃啊？"

这次换小健不怀好意地看着我。他手上拿的是……比萨，上面摆了那么多虾仁。我最爱吃虾仁了。

"怎么不吃啊？"

小健又重复了一遍。

我的眼泪下一秒就要决堤了。

人生相谈

不许哭，现在哭了，就输了。

"怎么不吃啊？"

我紧紧咬住牙关。

"怎么不吃啊？"

小健拿着那块比萨，故意美滋滋地吃给我看。

"怎么不吃啊？"

吵死了，闭嘴！

我脑子里有什么东西短路了，回过神来，我发现自己把装着咖喱的盘子扣到了比萨里。

小健的哭声，和子阿姨的怒吼声，小芙的骂声，然后，是我妈妈的怪叫声。

那怪叫声非常刺耳。

我捂着耳朵，跑进房间。

然后，把自己塞进了壁橱里。

壁橱里的霉味挠得我的鼻子痒痒的，但我喜欢这个气味，喜欢这里的黑，喜欢里面凉凉的空气，喜欢这种闭塞感。只要躲在这里，世上一切讨厌的事情都与我无关了；只要在这里，不论我怎么哭，都不会有人在意；只要在这里，死了也没关系；只要在这里……

我哭了有多久呢？

忽然感觉有人，我抬头一看，拉门开了一条缝。透过那条十厘米宽的缝隙，我看见了姐姐的脸。

"你去洗澡吧。"

姐姐说。

"……咖喱呢?"

我问。

"没事,我们收拾干净了。你也去,把自己好好弄干净一点,你衣服上有咖喱汁,身上一股咖喱味。"

我洗完澡,回到房间一看,地上已经铺好了被子。我没管湿漉漉的头发,径直钻进了被窝。

我的眼泪已经干了。不论是小健还是咖喱,都无所谓了。

现在,我担心的事情只有一件。

生日派对会怎么样呢?我的生日派对,我的第一次生日派对。

……到底会怎么样呢?

2

"所以,后来怎么样了呀?"

花音嘟着嘴,嗲声嗲气地问。花音是"闪亮甜心"夜总会里的第二号女销售,年龄也是正值青春年华的二十三岁。

"后来到底怎么样了嘛?"

感受到她闪亮亮的鸭唇抚过自己的脸颊,小坂井刚嘿嘿傻笑,

人生相谈

说道：

"嗯？你觉得怎么样了呢？"

"咦，人家怎么知道嘛！告诉人家嘛。"

"想让我告诉你吗？"

"人家想知道了啦。"

"啊哈哈哈哈！真是拗不过小花音。嗯……最后当然办了啊，生日派对。"

这个生日派对的故事可以说是刚的看家段子，一旦话题进行不下去，他就必定秀出这个撒手锏。说到这里，故事还只开个头。有的人听到这段可能还没什么兴致，但后面的情节才是重头戏，听到后面的事，没有一个人不吃惊的。刚先摆正坐姿，重新跷起二郎腿。接下来的重点是"铺垫"，在进入"结局"之前适当地卖卖关子，效果才会更好。

"那个派对办得可真是隆重啊。点了整整四张至尊混合比萨，大家一起玩竞技游戏，还一起玩巧乐车[①]……"

"哦……"花音一边点头，一边心神不宁地看看手表。

关子好像有点卖过头了。好，那就一鼓作气，直冲结局吧。

"……所以，在生日派对前一天，食客一家人都消失了呢。"

刚得意地抱起双臂说："怎么样，没想到吧？"

---

① Choro-Q，日本Takara公司于1978年首创的一种三四厘米长的回力塑料玩具车。——译者注

"哦……"

但是，花音依然嘟着鸭子嘴。

不会吧？这可是我压箱底的故事，难道冷场了？

"您说的这家食客可真讨厌……"

然而旁边的直美却听得津津有味，用搅拌棒猛力搅打酒杯里的冰块。直美是已经年过三十的老资格女销售，听说她曾经做到过业绩第三的位置，但现在安定下来，给花音做助手了。她的气质更像是地方小酒馆的老板娘，散发出一种很适合穿老式烹调衣的昭和式氛围。

"那家人，到底有什么权利，才能住进那座平房的呢？"

"咦？"

其实，刚也不知道。妈妈和姐姐只要一提到食客一家，心情就会立刻变差，所以刚从来没敢仔细问过。不如说，这件事太久远，他记忆中连食客那一家人的存在本身都有些失真了。

"这种像寄生虫一样的人家，真是让人忍不了。"

直美的语气很暴躁，仿佛感同身受。她粗暴地搅动搅棒。

"所以，"她停下搅棒，"那家人最后怎么样了呢？"边问边把脸凑过来，几乎贴到了刚的身上。

"那家人，该不会是被小坂井先生的妈妈和姐姐……杀了吧？"

等的就是这句，就等着听众问这个问题呢！刚心中暗笑。

"没错，至少我是这么认为的，多半是我妈妈和姐姐杀了他们。"

呃！花音的鸭唇中漏出一声怪叫，她的注意力终于回到自己这

人生相谈

里了。

"下手了吗?"

"对,我家里人杀了人。"

"你说真的?"

花音的假睫毛在颤抖,看她这样,刚满足地打了个大酒嗝。

女孩子嘴上说这说那,其实对"坏蛋"完全没有抵抗力。只要一说这个故事,她们就会一边尖叫"呀!好可怕",一边对我另眼相看,就算我又瘦又矮像个"宅男",而且还只是个不起眼的小小派遣员工。正因如此,才会跟"杀人犯的家人"这个头衔形成强烈的反差。

"如果是真的……"

花音的助手直美仍然一边兑酒,一边说。"那已经是一九九八年的事了吧?二〇一〇年废除了杀人案的追诉期,要是让警察知道,您可是会被抓走的哦。"

该死的直美,干吗提这么现实的问题?你看看,都是你干的好事,害得小花音躲我远远的!

刚又换个方向跷好二郎腿,然后大笑起来。

"你该不会信了吧?当然是骗你的啊。"

"是骗人的吗?"花音用手指撑住快要脱落的假睫毛,鸭子嘴噘得更高了。

"也不是骗人,大半是真的。食客他们一家,真的在我生日派对前一天留下一封信搬走了。真是谢天谢地。"

"什么嘛。"花音明显有些失望，一下子从沙发上站了起来。

在她起身的同时，门开了，一个男的走进店里。那是个大腹便便的中年男人，嘴边胡子拉碴，很有业界人的风格。花音一看到他，就像金鱼一样扭着屁股往那边跑。

"可惜呀，小花音今晚是不会回来了。"直美把兑好的威士忌放在刚面前，说道。

"那人是谁啊？"刚粗暴地抓起玻璃杯，一口气喝干。

"他可是出版社的大编辑。"

"哦——"出版社的编辑？要是去银座或者六本木也就罢了，这里不过是小田急线沿途一个不起眼的小车站，急行列车开到这里都不会停[①]，怎么会有出版社的编辑光顾这么小的夜总会呢？

"但是是真的，他在车站门口的文化中心教别人写小说，每个月会来光顾两三次呢。"

"哦……算了，那个大肚男戴的表确实挺不错。"

嗯？呃，不会吧？那手表跟小花音的手表，不是同款吗？！

"据说是劳力士哦。一块那样的表就要一百二十万日元呢。"

"一……一百二十万？"刚手里的鱿鱼丝一下子掉到地上。

---

① 日本铁路急行列车相对于普通（缓行）车，只会在较大的主要车站停车。后文提到的"各停"（普通列车的一种）则每个车站都会停车。——译者注

人生相谈

"不过，在劳力士里还算是便宜的了。"

"这样啊。"刚悄悄遮住自己左手戴的两万日元的电子表。

"再这样下去，小花音就要被那位编辑先生抢走啰。"

"哎——"

"小花音其实很喜欢你的呀。她说过，要是能私下跟小坂井先生交往就好了，她还说，想当你的太太呢。"

"太太？"一阵甜蜜的痛楚钻进刚的心。

"但是，女人嘛，对值钱的东西没有抵抗力，要是被礼物轰炸，就很容易动摇。虽然心还在小坂井先生这里，但欲望总会妨碍她对你的爱。为了这件事，小花音真的很烦恼的，她还说，要是小坂井先生愿意展现一下自己的诚意，她就会毫不犹豫地选择你了。"

"诚意？"

"没错，诚意。小坂井先生，你也可以送她点什么礼物嘛。对了，对了，下个月我们这里会给小花音开生日派对呢。你就可以在那个时候送她礼物呀。"

"礼物？送什么？"

"我想想哦。其他人应该也会送她礼物……所以，随处可见的东西是展现不出诚意的，要尽可能有冲击力，最好是惊喜。对了，你就送她爱马仕的包包怎么样？爱马仕的话，就可以跟劳力士抗衡啦。"

"爱马仕的包包？"

"对，比如鳄鱼皮做的柏金包[①]什么的。要是收到那样的礼物，小花音保准就是你的人了，没准还会当场答应嫁给你呢。"

"答应嫁给我？真的吗？"

"嗯，妥妥的。"

"那……那要多少钱啊？就是你说的那个鳄鱼皮的什么什么包。"

"是哦，比较贵的定制款要好几千万日元，如果你有一千万日元的话，应该能拿下吧。"

"一……一……一千万……"

"啊，不过，还是不行，就算有钱，到下个月也来不及呢。"

"来不及？"

"爱马仕的柏金包啊，可不是到店里去说'请给我这个'，就能当场买到的哦。"

"这样啊？"

"是的，真是可惜呀。要是你能送她柏金包的话，小花音绝对开心死了。"

"不能想点办法吗？"

"也不是完全没有门路。"

"那马上就可以买到吗？"

"如果小坂井先生是真心想买的话。"

———

[①] 爱马仕于1984年推出的一款动物皮制手提包，以歌手简·柏金（Jane Birkin）的名字命名。其中使用鳄鱼皮制作的售价最为昂贵。——译者注

人生相谈

"想的，我想！"刚像在课堂上自我表现一样举起了手。

"真的吗？你真的想买吗？"

"是的，我真的想！"

"真的？"直美的脸都贴得那么近了，"千真万确？"

"都说是真的啦！"

刚把手举得更高了。他非买不可，总之，那个什么什么包，他就是非买不可，这是他的使命。

"其实呀……"直美的嘴唇几乎贴到了刚的耳朵上。

"我有个熟人在做柏金包的同期进口业务，只要去求他，就能马上买到手，但是他这个人只收现金。"

"现金？"

"你能在下个月之前准备好一千万日元的现金吗？"

+

"只有卖了房子……"

刚蹬着自行车，满脑子想的都是这件事。

对啊，只要卖掉那栋房子，应该就能拿到一千万日元了吧？当然，房子本身应该没什么价值，那就是个又老又破的小平房，但是那片土地，应该能卖个好价钱，面积大，交通又方便。

所幸，现在住在那里的只有他了。母亲五年前过世，姐姐也出嫁了。

他只要随便找个别的单间或者小公寓去住就行。这就对了，他对那栋房子并没多大感情，甚至很讨厌它。只是每天都想着要快点搬走，但仍然拖拖拉拉地住在里面而已。

好，就趁这个机会卖掉它好了，只要能跟小花音结婚，那就是赚的。

等着我，小花音，我一定让你看看我爱你有多深！

那个周末，刚直奔隔壁镇的不动产中介。他在网上搜索过，提前找了一家值得信赖的房地产商。

"您就是前几天在网上提出申请的小坂井先生吧？"

男性工作人员说着，不断把他鼻梁上的眼镜往上推。

"那么，如果我家房子和土地要卖的话，能卖多少钱？"刚开门见山地问。

"我看看。"中介还是在不停地推眼镜，回答问题像在卖关子，"那一带有再次开发的计划，我想，应该能卖出相当可观的价格。"

"那有多少钱？"刚凑过去。

"房子本身几乎没有价值，但……"

"所以说，多少钱？"

"八百万日元是有的。"

"八百万日元？才那么点吗？真的假的啊？"刚的肩膀一下子垂

人生相谈

了下去。

"那么,您的理想价格是多少呢?"

"一千万日元,"刚又提起劲,直面中介,"不,一千五百万日元。"

"嗯……"中介的脸色明显一沉。

"那还是一千万日元吧,我下个月之前要一千万日元有急用。"

"下个月之前吗?不是,客人,这实在有点困难。而且您这个情况,还有不少问题需要解决。"

"问题?"

"顺便问一句,您和那片土地以及房产的所有人之间是什么关系?"

"什么?"

"呃,我查看了那栋房产的登记簿,所有者并不是您,而是别人。"

"别人?"

难道是指妈妈?这么说来,在妈妈去世之后,他们并没办什么手续。他一直以为,既然妈妈已经死了,那么那栋房子跟土地,理所应当是自己的。也对,世上的事哪有那么简单,本来应该要办继承手续才对。

"原来如此,您没有办理继承手续。"

"要是我现在去办,来得及吗?"

"顺便问一下,小坂井先生,您有没有收到过固定资产税的纳税通知?"

"固定资产税？"

他从来没付过那种费用，说到底，也从来没收到过什么通知。

啊，姐姐，姐姐说不定知道什么。

刚从自己的上衣口袋里抽出手机，急吼吼地给姐姐打了个电话。

"啊呀，刚，好久不见，最近怎么样？今天天气还真不错……"姐姐却一副悠闲的语气，甚至开始跟他聊起了天气。

"现在哪有时间说这个！"刚的语气加强了几分。

"我们有个固定资产税是怎么付的？"

"啊？"

"就是那个房子的固定资产税啊，我从来没付过，姐，是你在付吗？"

"为什么要问这个？"

"不是，我就是……有点好奇。"

"难道是警察问你？"

"警察？为什么是警察？"

"不是吗？那你为什么问？你问这个干吗？"

房屋中介正诧异地看着自己。刚受不了他的目光，于是说："算了，没事，我待会儿再给你打电话。"

见到他单方面挂断了电话，房屋中介立刻开口："您没有支付过固定资产税是吧？"

"这有问题吗？我会被抓起来吗？"刚像乌龟一样缩起了脖子。

人生相谈

"被抓倒不至于。何况,您也没有支付固定资产税的义务。"

"什么?"刚的脖子又伸出来了。

"问题就在于此,那栋房产和土地的所有人,名叫'原田和子'。"

"什么?"

"原田和子,您认识吗?"

房屋中介在纸条上写下这个名字,放在刚的面前。

原田和子。

刚的确记得自己见过这四个字。他脑中浮现出曾经挂在家门口的名牌,那名牌上写的名字,正是"原田和子"。

和子,和子?

食客一家中的那位母亲……和子阿姨?

"食客。"

刚喃喃道。

"这是住在我们家的食客的名字。"

"食客?"中介的双眼微微一亮,但他眼中渐渐带上怜悯之色,"从登记簿上记载的信息来看,恐怕您和您的家人才是食客吧?"

"我们……才是食客?"

"是的。"

"我们才是……"

不会吧?刚不懂他在说什么。

那么,那台游戏机,那架钢普拉,那盒雕刻刀,那个铅笔盒,还有那个书包，全都不是我的东西，全都是小健的？我们一家人，才是寄生在那家人身上的血吸虫？

"顺便问您一下，原田和子女士现在在何处？您希望出售这栋房产与土地的话，必须征得原田和子女士的同意——"

刚像要打断中介的话头一样猛地站起来，然后逃也似的离开了。

——请问原田和子女士，现在在何处？

这个问题，在猛蹬自行车的刚耳中无数次回放。

——请问原田和子女士，现在在何处？

刚认为，他大概知道答案。

没错，在很久很久以前，他就知道答案。

+

"再这样下去，我们真的会被她弄死。"

"……只能杀人了。"

"那要怎么杀？"

"给她们茶里下毒什么的。"

"下毒可不行，会留痕迹的。而且，毒药从哪弄啊？"

"那……用菜刀捅死？"

"可以是可以，善后很麻烦，会流很多血的。"

人生相谈

"那直接勒死？绞杀的话，就不会出血了吧？"

"那然后呢？尸体怎么办？"

"分尸之类的？"

"别呀！那多恶心。"

"那找个地方埋了？"

"埋哪里？"

"山里？"

"山？这附近哪有山啊。"

"那……丢到八王子那边？"

"那得准备辆车子了。"

"尽量找大点的车，比如面包车，或者小货车。"

"不行，还是不行，要是丢到别处去，一定会被发现。"

"那……"

"灯下黑，就藏在这房子里吧。这样只要我们还住在这里，就绝对不会被人发现了。"

"话倒是没错。那……要藏在哪？"

"后院里那个……"

+

后院这个仓库倒真是有十六年没进来过了，这十六年来，刚都努力让自己忘记这个仓库的存在。

十六年没进来，仓库里竟然挺干净。当然在风吹雨打之下多少有些朽坏，但收在仓库里的杂志和报纸内容仍然清晰可辨，甚至还能拿起来读。

在那堆报纸的最深处，有三个行李箱。

多半，就是这些了。

然而，刚的双腿却没能再迈进一步。

他还需要时间，需要点时间，再考虑考虑。

"我想，恐怕您和您的家人才是食客吧？"

房屋中介的那句话萦绕在耳畔。

自己一家人，才是食客？

怎么可能！开玩笑也要讲讲分寸。

不，但是……我们住进这里，是在我上小学之前，在那之前，我们的确是住在别处的。有一天，妈妈带我去了一个地方，就是这栋房子。那时候，那家人已经住在这里了。但是妈妈说，"他们一家人是食客"，所以我一直相信这句话。但是……

"我们家，才是食客？"

刚试着把这话说出了口。

"假设，真是这样……"

然后，他试着列举出每一条疑问。

说到底，为什么我们家的人会借住在这家人的房子里？妈妈

人生相谈

跟原田和子阿姨又是什么关系？为什么，妈妈会说原田家的人才是"食客"？

他必须先想清楚这一点。

不行，脑子转不动。

一旦开始思考，刚至今为止的人生就像散成了一片片纸屑，仿佛要飞散不见了。自己这个人的存在本身，都仿佛要消失无踪。

不如就当没发生过这回事吧。

对，就当作没看到这些东西好了。还有，也不要再想起那天妈妈和姐姐的对话。

刚转身欲走，此时一叠报纸滚落下来，恰好掉在他的脚边。那是一叠旧报纸，日期是一九九八年。

能看到上面写着"万能咨询室"几个字。

但是，刚一脚踩在上面，走出了仓库，然后用力"砰"的一声关上了仓库的门。

这门得锁上，得找把尽可能牢固的锁，任谁来都打不开。

刚一边嘀嘀咕咕，一边快步往停着自行车的玄关处走去。

回复烦恼的家主之女：

您首先应该做的，是跟食客阿姨好好谈谈。令祖母既然和那位阿姨签了租赁合同，那么身为租客，她应该也享有相应的权利，也是受法律保护的，您并不能轻易把她赶走。现在跟以前不一样了，就算是家主，也不能单方面清退租客。而且您也应该考虑一下搬迁费这条路子。如果真的付不出来，那就只能摸索跟那位女性继续一起生活的道路了吧。

从您的文字可以推测，令堂已经下定共同生活的决心了。那么对这家人不满的，是不是只有寄来信件的您呢？总之，请您先冷静，您现在只是凭着小孩子幼稚的判断在看事情。从您使用"烦恼的家主之女"这个笔名，也容易看出您在无意识间以"家主"的立场自居。您是不是在不知不觉间轻蔑他人了呢？感觉令弟也充满了丑陋的占有欲。不过是个玩具，借给那个小孩玩又如何？不如说，就当作送给他了嘛。

建议两位可以外出，做一做深呼吸。有没有感受到大地的气息？要去感受清风，看看这个世界，它是如此广阔，如此宽容！

希望您能放宽心胸，成长为一个情感丰富、能够包容弱小的人。

先从您自身开始做出改变吧，然后要去接纳他人。争论只会徒生不幸，真正的幸福，向来是源自沟通的。

快去吧，去好好沟通！

我真是受不了那个客人

人生相谈

我真是受不了那个客人

我是从事服务业的二十四岁女性。

到下个月,我在现在这家店工作就正好满一年了。这话我自己说可能有些厚脸皮,但在我的努力下,店里的营业额是有很大提升的。店长也很感谢我,说店能开下去多亏我帮忙。但是同事们可能认为店长说这话是偏向我,因此看我不顺眼,总是在一些小事上找我的茬儿,例如,把不好伺候的客人塞给我。

这个客人本来是A小姐的客人。可是,A却说自己身体不舒服,硬是把客人推给我去接待。本来只是代一次班也就算了,倒霉的是那个客人挺喜欢我的,从那之后,就频繁地指名找我了。

这个客人本身其实不算坏,甚至可以说,是个付钱很爽快的优质客户。

只是,我生性受不了这种类型的人。这个客人每次来店都满嘴抱怨,一旦开始自我吹嘘就停不下来,光是听对方说那些话,我都觉得很累。对方的态度也高高在上,总是让我很疲惫。

我们是做服务业的,在客人面前我总是摆好脸色,也会说一些好听的话。可是实际上,我一秒钟都不想跟这个人多待。

因此,我每次都找各种借口逃离这个客人,有时还会明显表现得很冷淡，对客人爱搭不理。

可是，对方就是不明白我的意思。还是频繁地过来，最近几乎每天都来，来了就点名找我，有时候还会送我礼物。这些礼物又是另一种负担，差不多都是强塞给我、逼我收下的。这就算了，客人还老爱问我收到礼物以后有什么想法，这真的让我压力巨大。每次收到这个人的东西，我的胃就一抽一抽地疼。

我跟店里的前辈聊了这件事，前辈建议我装病休息几天，暂时不来上班。

可是，我不想做这样的事。我挺喜欢这份工作的，而且考虑到生计，我实在不能请假。何况，这样也会影响到我的其他客人。

我只想和那个客人切断联系。要是能圆满收场的话，那就更好了。

请教教我，怎么样能够巧妙地处理这件事吧。

（群集的珀伽索斯[①]）

[①] 珀伽索斯即飞马，是希腊神话中的幻想生物。——译者注

人生相谈

1

"哎,秋奈今天也休息吗?"

那个客人垂下肩膀,明显十分失落。

这个男人,长得实在是一副穷酸相。

身上的西装一看就是在批发市场买的便宜货,鞋子上也满是灰尘。虽然本人已经努力遮掩了,可是头顶上怎么看都空空的。最主要的是他那副战战兢兢的样子,明明是客人,却一个人缩在沙发角落,坐姿也畏首畏尾,像是做了什么亏心事。

看他这副模样,想必在公司里也是个前途无光的窗边客[①],万年平头小卒。女员工鄙视他,后辈嫌弃他,就连从别司过来的派遣员工,恐怕都未必看得起他。

不行不行,我可绝对不要变成那种人。光看着那个男的,就觉得自己浑身上下湿黏黏的,现在还是梅雨季节,更是憋闷得慌。

"让您久等啦,冈部先生——"

终于,自己看上的那位陪酒女郎从里面姗姗来迟,她是"闪亮甜心"夜总会的排名第二的女销售花音。冈部康张着鼻孔色眯眯地傻

---

① 日本职场有将不受器重、升迁无望的中高龄职员安排到窗边座位的做法。此类人称为"窗边一族"。——译者注

笑，脊背挺得笔直。

"这么大雨的天还来光临，真是辛苦您啦。今天也是从文化中心赶过来的吗？"

花音纤细的肢体碰到他的肩膀，冈部的鼻孔张得更大了。

"啊，差不多吧。"

"上周也是这样吧？教人写小说的培训班，就那么流行吗？"花音噘着嘴，微微歪头表示疑惑。

"最近有很多人想当小说家啊。明明小说根本就卖不出去，真是奇怪。"冈部盛气凌人地说。

"但是卖得好的书，不是卖得超多吗？昨天人家去书店，那里边摆了好多好多武藏野宽治的书耶！"

"告诉你一个小秘密，其实啊，我负责的作家就是武藏野宽治哦。"

"真的呀！"花音的嘴巴张得大大的，鸭子唇一下就变成了鲤鱼口，臼齿上的填充物闪过一道银光，"说到武藏野宽治，不就是近年来最闪亮的明星、畅销书大作家吗？他有好几本书都拍成电视剧了吧？"

"嗯，是啊。武藏野宽治，可是我一手栽培出来的。"

"是冈部先生吗？"

"对。武藏野宽治当年碌碌无名了很长一段时间，差点饿死了，是我发掘了他，把他培养成畅销作家的。"

人生相谈

"哇,真厉害!"

花音的嘴嘟得更高了,然后她摩摩挲挲地贴上来。哎哟,真好闻,是我送的香奈儿香水吗?冈部的身体自然而然地被花音的肢体吸引过去。花音也仿佛做出回应,轻轻抚上冈部的胳膊。

啊,她的手表,是跟我成对的劳力士。虽然价格很贵,可她都这样"对我好"了,一百二十万日元根本算不了什么。

"对了,冈部先生,您今天是一个人来的吗?平常的话,都会跟做讲座的作家老师一起来的呀。"

"对,今天的作家是个新人,带他来这种地方还太早了。"

"新人作家,也会在教室里当讲师的吗?"

"因为会来听讲座的学生都没啥水平,找个新人给他们讲足够了。"

"哎——"

一声惨叫打断了冈部的话。冈部看看隔壁的卡座,只见先前那个一脸穷酸相的男人正抱着自己的头,直美正在拼命安慰眼看着要从沙发上滑下去的他。

"根本先生,您振作一点,来,先冷静!"

"听了你那些话,谁都会慌张啊!"穷酸的男人尖叫起来,"怎么会这样!秋奈她……居然得了癌症!"

癌症?

店里的空气一瞬间静止了,坐在各自沙发上的其他客人们,都齐刷刷地向那个穷酸的男人看去。

咦？那个坐在斜对面的卡座里，看起来像小厂老板的男人，戴着跟我一样的表——劳力士。跟花音买的成对的劳力士，掏空所有奖金都不够，我最后从老婆那里偷了点她的私房钱才勉强凑够钱的，劳力士……

先不管这个，癌症？秋奈得了癌症？

秋奈是这家店的一把手，是个身材绝好，长相也绝美的卖酒女郎。冈部指名找过她几次，但是她的脑子里缺几颗螺丝，两人聊起天来总是牛头不对马嘴，偏偏秋奈的心性又特别高，冈部跟她待太久，会觉得压力爆表。久而久之，不知什么时候起，两人的关系就疏远了。

花音的姿色虽然不及她，但是性格讨人喜欢，也深刻理解服务业应该要做什么。跟她在一起，人能打心底里放松下来，最重要的是花音很懂分寸，又会聊天。

同时，秋奈是个自私的人，她的个性很强势，欲望也深不见底。最开始被她的容貌吸引的客人，渐渐都散去了。

然而，其中也有一些客人就爱秋奈这款。有好几个不论被踩上多少脚都会来店的笨蛋。隔壁卡座里那个无助地乱挠着自己所剩不多的头发的穷酸男，就是其中之一。

"癌症是怎么一回事？"

冈部问花音，花音神情复杂地笑了笑，开始跟他咬耳朵：

人生相谈

"其实……"

花音所讲述的内容，简而言之，就是以下这么回事。

——那个穷酸的男人名叫根元，是在某家港区公司工作的上班族，今年三十六岁，单身。他特别喜欢秋奈，总是为了她一趟又一趟往这家店跑，但是秋奈本人并不耐烦根元，甚至于很嫌弃他。就算被根元指名，她也会找一堆诸如不舒服、还有别的客人之类的借口躲开。根元即便如此还是常常来光顾，但是他的行为，已经跟踪狂差不多了。为了让根元死心，直美跟秋奈提议，让她说自己得了病，要去住院。跟其他的工作人员也都打好了招呼，合着伙欺骗根元。

"原来如此。但是就算这样，撒谎说她得了癌症，是不是有点儿过了？"

冈部死死盯着花音丰满的胸口，说道。

"如果不说到这个份上，那种男人是根本不会死心的。直美姐是这么说的。"

冈部又看了看在隔壁卡座熟练地安慰根元的直美。

直美是这家店年纪最大的女销售，听说她从前最高做到过业绩第三，但是现在已经彻底沉淀下来，专做别人的助手了。

冈部只指名过她一次。虽然她的接待非常得体，但是跟她在一起，根本没有心跳的感觉，她一点都引不起冈部的兴致。女人就是越年轻的越好。

没错，就要像花音这样的。现在的花音，真真切切正处在巅峰期，冈部只是坐着就已经心动不已了。

——您的鱿鱼丝，久等了！

黑衣保安的脑袋忽然进入眼帘。

冈部赶紧跷起二郎腿，试图掩饰自己的情绪。

好想把花音据为己有。

但是……

冈部瞟了一眼手表。

马上就到七点了。一过七点，就要收加时费了。

不不不，加时费算什么？上次就是因为自己的犹豫，花音被别的客人抢走了。

今天，他实在不想再品尝一次那时的懊恼和悲戚。

不如干脆把花音带走吧！

不。

冈部轻轻闭上眼睛。然后，他开始回想钱包里的物品。

恐怕，连五万日元都没有了。

五万日元……心里没底啊。就算能付清这家店的账单，可开房的钱怎么办呢？而且，他还想拦出租车送她回家呢，毕竟今天是个下雨天，而且他自己也需要坐出租车回家。从这里坐到他家所在的赤羽，可得花上不少钱。

没办法了，就用平常那招吧。

冈部取出智能手机，调出下属的名字。

人生相谈

2

放在桌角的手机正在振动。

用汤匙在草莓圣代杯底捞来捞去的佐野山美穗,看了看手机屏幕上显示的名字。

冈部先生?

不接是不行的,好歹是她的上司。美穗中断了对话。

"不好意思,我失陪一下。"

美穗微微向坐在对面的男性致礼后,小跑进化妆室。

"冈部先生,怎么了,什么事?"

"啊,美穗啊,你现在在哪儿?"

"西新宿的家庭餐厅啊。"

"在干吗呢?"

"跟作家开会。"

"哪个作家?"

"就樋口老师啊。"

"樋口义一?哦,那真是巧了。"

"啊?"

"吃饭了没?"

"还……没有,只是喝茶。话说,正好快结束了。"

"那我们一起吃吧。你正好带上作家老师一起过来。"

"啥？"

"樋口老弟还年轻，最好让他多学习一下社会经验，这样比较能拓宽视野嘛。你带他过来吧。"

"带他过去……去哪里？"

离谱。

美穗狠狠按下挂断键。

凭什么我接下来得特地跑到那种坐小田急线起码要花个四十分钟，连急行列车都不会停靠的小地方，而且还是夜总会？

那个大叔打的什么算盘，她可一清二楚。

简而言之，他就是想利用作家达到自己白吃白喝的目的。只要有作家同行，就能以"取材"为名开发票，报销经费。而且还会把这种烂事丢给她去干。说到底，冈部怎么这个点了还在那儿？今天应该不是小说讲座的日子。哦，明白了，他恐怕是看上哪个卖酒女了。

真是离谱。

就算不是，上头都严格强调要节约经费了，如果是特级作家还另当别论，不及特级的人，能调用的经费都是有上限的。樋口乂一这个级别，顶多吃吃家庭餐厅。可他却要去夜总会！看冈部那样儿，恐怕连叫车回家的钱都打算用公款报销。

实在是离谱，那个老色鬼！

人生相谈

　　话虽如此，但她却答应了。那个叫冈部的老头子最擅长的就是这种事，他最会滔滔不绝、咄咄逼人，趁势让对方说出他想听的"是"。

　　本来今天，跟作家开完会之后，她还想去做美体呢。吉祥寺有一家她中意的店，虽然离家有点远，但是她最近爱上了那边的芳香精油按摩。今天本来也是满心期待下班后的按摩时光，才努力工作的啊。

　　明明是这样。

　　实在是，太、太、太离谱了！

　　见鬼去吧，浑蛋冈部！

3

　　"待会儿可是有个作家要来哦。"

　　冈部收起智能手机，得意地说。

　　"咦，真的吗？武藏野宽治吗？"花音兴奋地眨着她的假睫毛。

　　"樋口义一。"

　　"樋口？"花音的睫毛一下子蔫了。

　　"你看，我以前不是带他来过吗？长得还挺帅的一个小伙子。当时连秋奈都缠着他不放，你想想多难得……好像是两年前的事了吧？"

　　"呃……是这样吗？"

"不过嘛，他的书不怎么火。人也没啥气场，读者记不住是正常的。不过待会儿他来了，你可得好好捧捧他啊。让作家产生信心，也是我们的工作。"

——秋奈啊，秋奈啊……

看看旁边，那个叫根元的穷酸男人，正抽抽搭搭地哭个没完。

真可怜。这个男的哭成这样，恐怕真以为秋奈得了癌症。他压根儿不知道那只是她为了逃离自己而撒的谎。

"我也是听别人说的……"

花音叼着一根鱿鱼丝，小声说道。

"那个人，好像给秋奈姐贡献了很多钱。"

"是吗？"

"她们说至少破亿了呢。"

"破亿！……不不不不，怎么可能？我可不信那人有那么大的财力。"

"所以嘛，"花音灵巧地把鱿鱼丝塞进嘴里，说道，"我们就说他是不是挪用了公司的资金，才那么有钱啦。那个人呀，虽然一副穷酸样，但在公司里可是财务主管。"

"嘿，他是主管啊？不过，应该只是哪个小公司的主管吧？呃，挪用资金？"

"哎呀，只是传言啦。不过，秋奈姐最近很威风哦。听说她在西新宿租了豪华公寓，家里还养着小白脸呢。"

人生相谈

"小白脸？"

"对。秋奈姐可沉迷他了，给他花了好多好多钱。"

花音的鸭子嘴嘟得高高的，说："感觉好浪漫哦！秋奈姐这个人又很专一，对喜欢的人就会全身心投入的……我也是全身心投入的那种类型，所以超懂她的心情！我也一样，如果是我喜欢的人，哪怕要我去骗别人，也会给他上供的啦。"

哪怕要去骗别人？

冈部的头脑急速降温。

眼前的花音，该不会……也为了给别的男人上供，而利用我吧？一瞬间，疑虑掠过他的脑海。

例如自己送给她的那块手表。这表，真的是自己送她的那块吗？冈部听说，卖酒女郎都会让几个客人给自己买一样的东西，只留下其中一件，剩下的全都卖到当铺。

没错，例如那个男的。就是斜对面卡座那个看起来像小厂子老板的男人，说不定，花音也求那个男的给她买了一样的手表……

4

"昨天的事不好意思了。"

美穗刚到单位，冈部副部长就对她如此说道。

"没事。"美穗脸上虽然赔笑，眼角却在抽搐。

昨晚，就在她刚要踏入小田急线列车车门的那一刻，冈部打来电话。

"没事了，你不用来了。"

先前她费尽了口舌，才好不容易说服樋口不情不愿地跟她一起来到小田急线的站台上。挂了电话，美穗简直想当场把手机砸了，想想自己为了那个色老头蒙受这种损失又实在很蠢，只好拼命克制住情绪。

但是，那一刻的烦躁感和怒火，至今仍然静静地在她胸腔里闷烧。一看到冈部那颗油亮的脑袋，她就好想抄起一叠校样稿狠狠地砸下去。啊啊啊，真是气死人了。

美穗强行将冈部排除出自己的视野，从袋子里拿出买来当早饭的松饼、炸洋葱圈和巧克力奶昔。这种时候就该吃吃吃。

然后她打开电脑，连上网络，输入"挪用资金"这个关键词。

这是在帮樋口的新作取材。樋口说，他想写以某个挪用资金案为原型的作品。他把大纲都拟好了，美穗读下来也觉得确实挺有意思，没准这部作品能成为转机，让至今默默无名的樋口一鸣惊人。

美穗今年也三十四岁了，多年来与畅销书无缘，也没有升职，所以才会被冈部这样的老头呼来喝去。冈部这个人，尽管没啥工作能力，但因为十年前做出了销量百万的大火作品，才能至今耀武扬威。明明他后来就再也没有任何业绩了。啊啊，好不甘心，我也要做出百万级畅销作给你看！

人生相谈

话虽如此，可这事在樋口身上恐怕期待不来。虽然他的确有些本事，但是他的文风太平淡，也太古板了。他的书顶多初版卖个五千本吧，但依她看，他总有一天还是能写出一部轰动一时的作品的，没准儿，就是这次这本。

美穗紧紧捏住手里的鼠标。屏幕上陆续显示出各类挪用资金案的文章。

啊，就是这个。

《消失的一亿》。

平成五年，相模原市的某个零部件制造公司有一亿日元资金遭到挪用……

哦，原来是真的发生过的事。樋口说，他想以这个案子为原型，写一部洗钱题材的小说，然后设置一个震惊所有人的黑幕，挑战惊天大反转。

樋口最擅长的是古板的社会派推理，会有这种创意还真稀奇。从前他可是说过"惊天大反转都是骗小孩的"这种话的啊。

看来樋口也终于醒悟，要写能大卖的小说了。

说不定啊，他会就此蜕变，成为暴涨的"牛股"呢。

心中暗暗雀跃的美穗，伸手拈起一个洋葱圈。

——挪用资金！

发出这一凄惨叫声的人是冈部。

晚上九点，嘴里塞满薯片，准备下班回家的美穗被他吓了一跳，回过头去，只见冈部几乎要一头扎进笔记本电脑里去了。

"不会吧……就是那个男的，那个根元！"

美穗的目光跟恰好抬头的冈部对了个正着。虽然她移开了视线，但为时已晚。

"我认识这个男的，我昨天碰见他了！他就在夜总会里。"冈部兴奋地说道。他兴奋得双颊泛红，简直像个炫耀自己遇到了明星的小学生。

"哎呀，没想到他真的挪用了资金啊。而且挪了整整三亿日元呢。正常人会为了给卖酒女上供，挪用整整三个亿吗？而且，只不过是那种乡下地方的一个小卖酒女啊。"

你不也沉迷那个小地方的卖酒女，天天跑去见人家吗？而且还用的是公司的钱！你也在挪用资金好不好？还想把我也拉下水呢！

不过，等一下，我有点在意。

"挪用资金是怎么回事？是你认识的人被抓了吗？"

"也不是认识的人，就是昨天，偶然在同一家店里见过。呃，网上的报道是说……"

某港区医疗器材公司员工根元浩之（三十六岁）自首，称自己骗取公司寄放的三亿日元，并当场被捕。

此人曾任财务科主管，受托管理公司的银行账户。其利用职务之便获取公司网银密码，非法将公司的资金汇入个人账户，并伪造银行

人生相谈

流水记录以掩盖其罪行。

这一行为持续近两年，非法所得近三亿日元，其中在夜总会消费六百万日元，剩余二亿九千四百万日元全部汇入其心仪的卖酒女郎账户。根元听信该卖酒女郎所谓"父母背负巨额债务，若不偿还会有生命危险""父母绝症缠身，医药费开销巨大"之说辞，每每满足其金钱需求，但在其工作单位开展税务调查之际，根元害怕罪行败露，于是前往夜总会，意图邀请其心仪的卖酒女郎一起连夜逃走，却获知该名女子罹患癌症，需要长期住院的噩耗。

绝望的根元直接前往港区赤坂派出所自首，目前以诈骗罪嫌疑被捕。

5

"嗯，那个新闻我也看到了。"

樋口义一把咖啡杯放回杯垫上，轻轻点头。

这里是位于西新宿的家庭餐厅。美穗跟樋口开会都是来这里。他平时好像会在新宿打工，上夜班挣钱。樋口一边频频看表，一边继续说："嗯，那个挪用资金的男人，大概要判四年刑吧。"

咦，这么轻？美穗心中总觉得不太服气，同时给她面前的松饼抹上厚厚的鲜奶油。

"话说他的公司也够粗心的，他都贪了两年，居然都没发现。"

"我记得那家公司没有上市吧？如果是没有上市的公司，不会有公认会计师监查，所以很随便的。好像就是因为这个，才会有那么多挪用资金的事件。"

"这样的啊？"

"贵社或许也有这样的人哦，因为出版社几乎都是不会上市的。"

"哈哈哈哈，怎么会？"

"注册资金超过五亿日元的大公司，或负债超过两百亿日元的株式会社，是一定要接受监查的，但除此之外的公司，并没有接受监查的义务。我记得贵社的注册资金是三亿日元吧？"

"是吗？"

"无论是不是，总之没有义务。也就是说，只要有人动了挪用的心思，就会有机会得逞。"

"我们出版社不会有那种无法无天的人啦。虽然平时看起来很了不起的样子，但大家胆子都挺小的。"

"但是参考过去的案例，会挪用资金的人，几乎都是看起来随处可见、安分老实、生性胆小的人啊。"

"这样啊？"

"例如，把公司的东西挪作私用一类的事，你应该也做过，不是吗？"

"哎？"

"例如，把参考资料书据为己有，或把开水间里的咖啡和茶包拿

人生相谈

回家,或者把公司的圆珠笔当成自己的私物,或者用公司的复印机复印与工作完全无关的资料,又或者用公司配给的手机打私人的电话之类的。"

这些事情谁都会做啊。美穗往松饼上面浇了一大堆糖浆,轻轻摆上一块黄油。

"这些也完全构成业务上的挪用资金罪。还有,如果借用公司的插座给私人的手机充电……"

"哎?这都算挪用?"

"将公司提供的电力资源挪作私用,严格意义上来说属于盗窃罪,因为电力是视为财物的。无论如何,一个人不断地进行这种小小的挪用,总有一天会分不清公司和私人之间的界限,然后就会产生公司的钱实际上也属于自己的错觉。当然,普通员工的挪用顶多就是顺手牵羊拿走一些物品,或者滥用报销之类,但如果是财务管理部门,就能做到更进一步的事了,就像这次这种数以亿计的公款挪用。"

"原来如此……不过,他贪掉的那三亿日元会怎么样呢?他需要赔偿吗?"

"当然,这名男性有赔偿的义务,但既然全都被他赠给了那名女性,想要全额追回恐怕很难了。"

"那……不能找那个卖酒女要回来吗?"

"即便向她提出不当得利返还申请,也只能要回现存利益部分。也就是说,被她用掉的钱是要不回来的。假设她用那些钱购买了不动产或物品并留在手边，倒是可以要求她用这些东西来抵债，但如果她已经在赌博或享乐方面挥霍一空，那就没有义务返还。"

"总觉得不太能接受。归根结底，那个女的才是元凶啊。就不能治她一个什么罪吗？"

"嗯，这个女人估计无罪吧。顶多发起民事诉讼，要求她赔偿损失而已，但即便真这么做了，也像我刚才说的一样，如果她花光了那些钱，手头一分都不剩的话，想追回那些钱的可能性就几乎为零了。"

"听得让人好恼火啊。明明跟我无关，却总感觉很憋屈。"美穗往嘴里塞了一大口蘸满鲜奶油、糖浆和黄油的松饼，"话说，那些会挪用公款或偷钱的人，大部分都会借口自己赌博输光了，或者挥霍完了吧？可是一般人一下子真的能花掉那么大一笔钱吗？"

"关于这个啊……"樋口喝光咖啡，清了清嗓子，然后他继续说道，"以前有过这样一个案子。某个转包公司融资来的钱遭到员工挪用，直接导致该公司破产。后来，那个挪用资金的员工虽然被捕，但此人坚称自己把所有的钱都花光了，返还的事就被蒙混过去，最终此人自杀。与此同时，有人在山林里发现了一只装着大约一亿日元纸钞的垃圾袋……"

"啊，这个是不是就是您新书的灵感来源？"

"是的。尽管社会上倾向于将挪用资金案与一亿日元纸钞两件事分开看待，但我认为这两件事实际上有关联，也就是说，这是洗钱。那家公司会倒闭，这本来就在他们的计划之中。他们从顾客身上搜刮

人生相谈

来尽可能多的油水，然后故意叫自己人去挪用。"

"那么，所谓的倒闭就是那家公司自导自演的了？"

"是的。在公司破产之前，以挪用资金的形式转移走了资产。"

"懂了。啊，该不会这次的挪用资金案，也是这种吧？"

"不，这次纯粹只是受害的公司粗心大意，他们本身应该是无辜的受害者罢了。"

"受害者？也就是说，公司完全不知情喽？"

"是的。不过，那个卖酒女是否无辜就值得怀疑了。或许她是带有主观恶意的。"

"恶意。您的意思是，她明知那些汇给自己的钱，都是挪用来的资金吗？"

"是的。假如她真的有恶意，那么或许那个挪用资金的男性……是叫根元吗？或许，她和根元是共同犯罪。"

"咦？什么意思？"情节越发离奇，美穗不由得抬高声调。

"所以说，根元或许会主张自己把挪用的资金赠给了秋奈，因此很难全额返还。他只需要在法庭上说'我会努力一点一点还上的'就可以了。重要的是他展现出诚恳的态度，而他实际有没有真的返还那些钱，另当别论。大多数的案子发展到后来，都会由公司方同情被告人，因此撤回退还的请求作了结。秋奈那边也只需要坚称，自己已经把收到的所有钱都在赌博和享乐上挥霍一空，手头分文不剩了就好。这样一来，根元和秋奈就都不需要承担返还义务，但是，如果实际上那笔钱还好好地留着呢？根元顶多坐个四年牢。只要挨过这四年，他就能堂堂正正地拿到那三亿日元了。"

"原来如此！"美穗兴奋地一拍大腿，"这可太有意思了！请一定要写成小说啊！

"咦？不过，秋奈是谁啊？那个卖酒女的名字，是叫秋奈吗？"

"哎？啊，其实，以前冈部先生带我去过那家夜总会。然后，那家店的No.1就叫秋奈，所以我想，恐怕根元就是给那个女孩上供的吧。以前我在某篇文章里读到过，她是那家店业绩最好的女销售。"

"这样啊。"

"啊，都这么晚了。"樋口一边看手表，一边说，"我该去打工了。"

"真辛苦啊。不过，樋口老师的下一部作品一定能大卖，让您成为专职的作家！"

"嗯，是啊。我尽量努力。"

"我有预感，您下一部作品会畅销的。"

"是吗，希望如此吧。"

"没问题的！"

"比起这个，我其实一直很想问，你没有闻到一股大葱味吗？"

"啊。"美穗低头看了看脚边的背包，"是我老家给我寄了一堆大葱，所以我想分给别人一点。啊，樋口老师，您要吗？"

"不，不了。我就算了。不过，难道你今天一整天都背着那袋大

人生相谈

葱？现在不是梅雨季节吗？"

"是的。请问，有什么问题吗？"

"不，没什么……"

"那么，今天我们就谈到这里吧。我接下来也有事，要去美体沙龙。"

"美体？你要背着这袋大葱去吗？"

"啊，就是说，我想把这袋大葱分给我的美体师一些。那女孩年纪不大，但是手法超级好，按摩的技术简直神了。自从让她按摩以后，托她的福，我感觉最近瘦了不少呢。您也看得出来吧？"

"哎？呃，可能吧。"

"而且，那位美体师人真的超好。我感觉她就像我妹妹一样。而且，她还是我的老乡呢。所以我想，带点大葱给她，她应该会很高兴吧？"

"老乡？你老家哪里？"

"群马县。"

6

"哎，你知道武藏野宽治吗？"

那个客人忽然问。这都是第几个了啊？她已经列举了整整二十分钟各路名人，炫耀自己跟他们一起工作过。不过，恐怕其中绝大多数都只是匆匆看过一眼，或者只是偶然待在同一个地方，就算她真的和他们共事过，对那些名人来说，她也不过就是个路过的合作方吧。

这种单方面展示自己很厉害的谈话，并不是这个客人的专利。所以，自己本来只需要随便搭几句"哇，好厉害，好羡慕"蒙混过去就好，但这招对眼前的客人并不顶用。总之，就是怎么都恼火。这恐怕是一种生理性的厌恶。每次看到这个客人得意的面孔，就好想捏爆她的一身赘肉。

没错，问题就在于她的赘肉。

平时三餐到底吃的什么，才能长出一身这么僵硬、厚实的赘肉？要比喻的话，她简直就像一堆弹性极佳的橡胶块，或者说，就像一头北海狮①，怎么揉都没手感，而且她每次来店，脂肪都明显越来越多。都怪她，前几天店长还批评自己："你怎么能让客人发胖呢？这关系到我们沙龙的信誉！不说别的，你就专心让她燃烧脂肪！给我好好揉，下狠劲揉，揉到起效为止！"

就算你这么说，我也没办法啊。

小惠瞥了一眼旁边的计时器。还有二十分钟。她还得继续揉搓这堆脂肪块整整二十分钟。

这种疲惫感，简直就像跑全程马拉松跑到最后关头一样，身上汗如雨下，连该怎么呼吸都快想不起来了。

---

① 海狮科最大的一种海狮，雄性体重通常超过1吨。雌性平均体重较雄性低，但也可达300公斤左右。——译者注

人生相谈

可是这个像海狮一样的女人，不但叽叽喳喳说个不停，竟然还要求自己做出回应。谁能懂得这是怎样的痛苦，又是多么磨人的地狱？

"武、武、武、武藏野……唏……哈……宽治……这个人……唏、唏……怎么了吗？唏……唏……唏……"

自己好不容易才从牙缝里挤出回应，客人却转向新的话题。

"对了对了，我今天给你带了大葱呢。下仁田的大葱。我家给我寄了很多过来，所以想分你一点。"

大、大、大葱？身边的葱味实在太冲，自己本来就在怀疑了。这女人，终于到了拿大葱过来的地步？她总说什么同乡情谊，陆续塞过一堆没用的东西给自己。今天拿来的竟然是大葱？该不会，地上那只大背包里头，装的全是大葱吧？

小惠感到一阵晕眩。

同时，她浑身上下产生了强烈的瘙痒感。不，这不是痒，而是疼。小惠的全身，都像着火了一样疼。

大葱过敏。

这个麻烦的体质曾数次害她产生严重过敏，有次差点死了。她现在之所以喘不上气，之所以浑身剧痛，或许都是拜渗透进这个客人皮肤的大葱成分所赐。不，不仅如此，在前台帮客人寄存行李的时候，自己还碰到那只背包了！好巧不巧，偏偏是那只很可能塞满了大葱的背包！

"怎么样，高兴吧？这可是大葱哦？说到咱们群马县就是大葱嘛。哎，你高不高兴？问你话呢！"

应该违心地说很高兴，还是该不理她，还是该斩钉截铁告诉她，自己不需要呢？

意识渐渐远去的同时，小惠全力开动头脑，努力回想起前几天报纸上刊登的人生相谈的答复。

人生相谈

回复群集的珀伽索斯：

世上就是有些人怎么都相处不来的，这很正常。

但是，对方是客人。您必须做到公私分明，这才是专业精神。

工作就是这样。在私人领域当然可以凭个人喜好选择交流的对象，但是到了工作场合，就不能这么做了，因为做出选择的不是您，而是客人。

没错，您现在会被选中，只是因为您还年轻。年轻是很宝贵的价值。或许现在的您以为自己被选中是理所当然，但是过个五年，您再看看呢？渐渐地就没人会选择您了。到那时候后悔也晚了。建议您最好趁着自己还年轻，作为卖方还掌握主动权的时候，多发展几个长期顾客。如果这个时候挑三拣四，以后可有您哭的。

还有，您似乎为礼物的事很是烦恼，但收收礼物又怎么了呢？是对方要送您的，那您收着就是了。如果您是公务员，这叫贿赂，但如果是民间人士的话，一点问题都没有。要是您贸然拒绝，最后搞得客人去投诉，反而更麻烦呢。

只跟特定的人切断联系，还想圆满收场？世上哪有那么好的事？

如果您想把圆满放在第一位，那您就只能接受那个客人。

社会上的人，谁不是这样。进入社会工作就是这样的。

反正又不是什么要死要活的事，您就尽量忍耐一下吧。

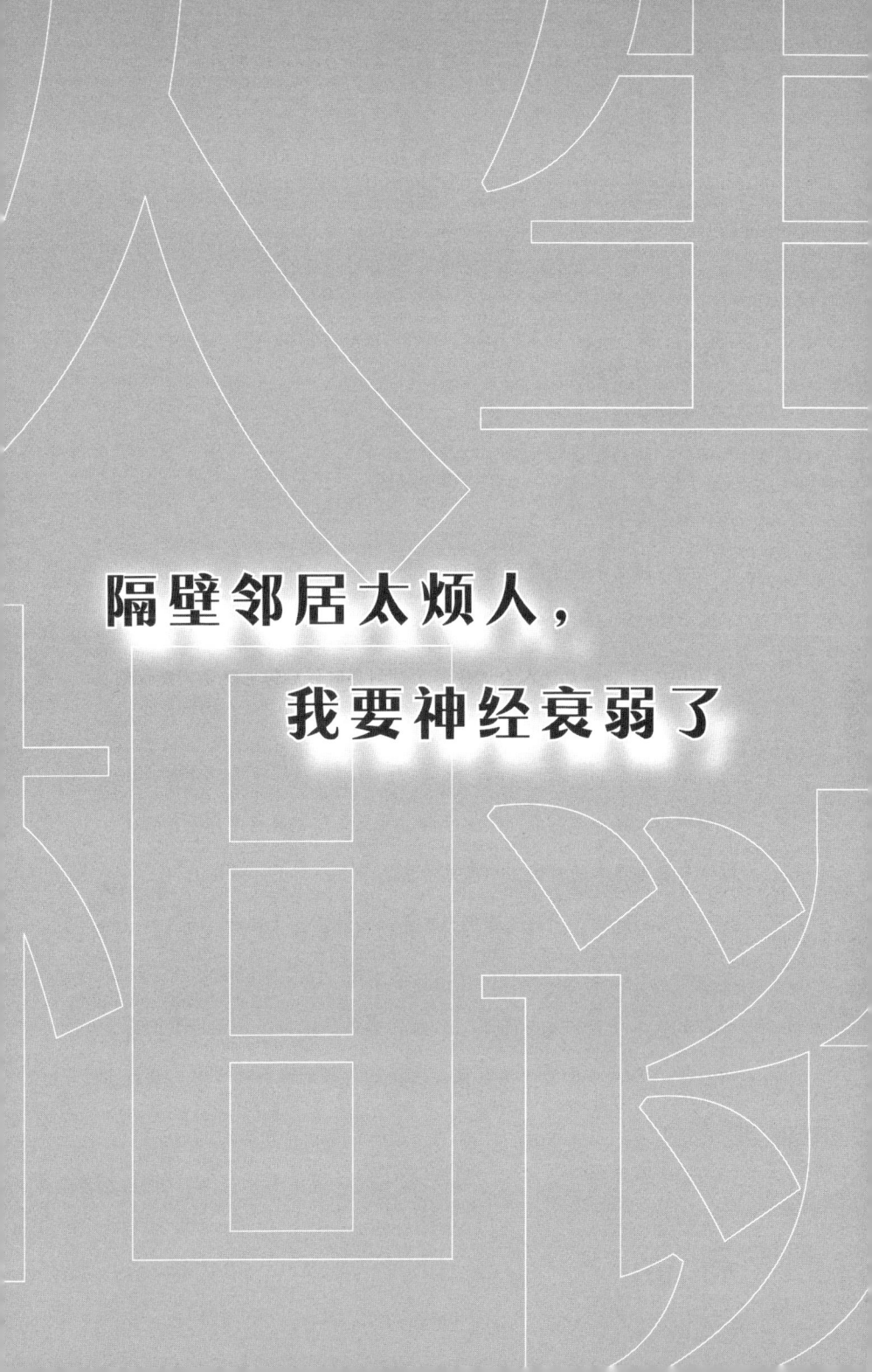

隔壁邻居太烦人，
　　　我要神经衰弱了

人生相谈

隔壁邻居太烦人，我要神经衰弱了

我是租房一族。

在这里住了也有二十五年了。一直以来都没什么问题。

但是大概两个月前，住在隔壁的人开始捶我的墙。估计是有新的住户搬过来了吧。

我觉得这个房子的隔音的确不算好，所以早上、深夜我都尽可能不发出生活噪音。看电视戴耳机，晚上也不会开吸尘器或者洗衣机，打电话尽量小声，餐具全都换成塑料的，晚上八点以后就不会冲澡。

但是有些生活杂音就是没法避免。比如脚步声、冲马桶声、开窗关窗、拉椅子。当然我比较注意这些，所以应该没有很吵才对。就连上厕所的时候，我都尽可能少冲水。可是隔壁邻居就是会捶我的墙。像休息日我在家的时候，邻居差不多会砸上一整天。前几天白天，我用吸尘器的时候，就被隔壁用力砸墙，傍晚快递员来按我的门铃，隔壁又砸。不知道砸了多少次！

有一次我真的受不了了，从自己家狠狠地捶了一下墙壁回应。结果第二天，房屋管理人联系我，说邻居投诉我制造噪音，要我小声点。

还讲不讲理啊？

我都这么小心翼翼、事事注意地生活了，到底还要我怎么样才满意？

我感觉要神经衰弱了。

（采茶女）

人生相谈

1

"大葱过敏。"

听到这个词,郁子停下筷子。她转动眼珠,看看斜对面的人,只见山木正灵巧地挑走漂浮在拉面汤里的大葱。

"大葱过敏?"坐在山木旁边的米田手里拿着勺子,歪了歪头。

"今天早上的新闻,说是有个人因为大葱过敏死了。"山木一边把挑出来的葱放进面前的小碟里,一边说。

"原来大葱也会有人过敏啊。"

"世上一切东西都有可能成为过敏原的。这么一说,我还听说过有人对水过敏呢。"

"对水过敏?"米田一边用勺子戳破印尼炒饭上盖的太阳蛋的蛋黄,一边问。流心的半熟蛋黄看起来诱人极了。

"对,好像就连那个人自己的汗和眼泪也会导致过敏发作,之前电视上播的。"

山木一边说,一边捞出面里的大葱。葱丝已经在碟子里堆成了一座小山。

"山木小姐也对大葱过敏吗?"

"我嘛,只是不爱吃葱啦。终于挑完了。"山木轻轻点了点头,终于伸筷去夹面。

这是一家位于西新宿高楼大厦角落里的家庭餐厅。她们大概每星期会来这家店吃一次午饭。

坐在郁子斜对面的山木和米田，是在同一个地方上班的派遣员工。

"对了对了，我听说，你在考虑搬家？"

山木一问，米田含混地笑了笑，答："嗯……算是。"

"怎么了？出什么事了吗？"

"不是什么大事，就是跟邻居有点小矛盾。"

"邻里纠纷啊。不能找房管或者房东协调一下吗？"

"嗯……"米田又歪歪头，"感觉，就算找他们说了，他们也只会觉得，我才是那个找麻烦的人。既然这样，我就想，不如还是直接搬家比较好。"

"那你是要打碎牙往肚里咽喽？"

"我不想麻烦嘛。"说着，米田豪迈地将太阳蛋与印尼炒饭拌在一起。她或许觉得这还不够，连套餐里附赠的炸虾片、黄瓜和番茄都一股脑倒进去，搅拌起来。

"米田小姐，你吃咖喱的时候，也会先把米饭跟咖喱酱拌匀吗？"

"啊？"

"没事，就是问一下。"山木有点无语地望着那盘渐渐失去原貌的印尼炒饭。

她的目光忽然朝自己飞了过来。郁子立刻回以微笑，但山木的目

人生相谈

光很快又回到米田身上。

"不过,你要搬家,应该得花不少钱吧?"

"就是呀,我在找不收押金和礼金的房子,可是总找不到好的。"

"都开始找房子了啊?"

"是的,在网上慢慢找。上周我还去了车站前的房屋中介……"

"你在找哪一片的房子?"

"我还是比较想住在西武线沿线……"

"你现在就住西武线附近吧?"

"对的。从新宿坐急行车过来上班,大概十五分钟的样子。"

"真好,这么近。"

"咦——挺远了啦。"

"说什么呢,很近了好不好。我可是要花四十分钟搭小田急线啊。"

"坐急行车吗?"

"对呀,急行车都要四十分钟。虽然途中得换乘每站都停的车啦。"

"那确实有点远呢。"

米田有些不好意思地伏下头,此后她便专注于搅拌眼前的印尼炒饭。山木也好像发现了一团新的葱丝,埋头用筷子挑得不亦乐乎。

沉默片刻后,山木轻轻地说:"要是拖太久,后果不堪设想啊。"

"哎?"米田终于用勺子舀起一勺印尼炒饭,啊呜一口塞进嘴里。

"我是说，你的邻里纠纷啦。"

欢迎光临——

服务生尖锐的嗓音回荡在四周。

看看时间，十二点十六分。马上就要到用餐高峰期了。

"山木小姐，你也遇到了什么事吗？"米田边用餐巾擦拭嘴唇上的蛋黄液边问。

"准确来说，我那件事还没到纠纷的程度。"山木可能又发现了葱丝，一边用筷子拨开面条，一边回答，"是我家附近有一户人家，完全就是垃圾屋。"

"垃圾屋？"

"对，就在我家旁边靠里面一点。"

山木又瞟了自己一眼。郁子慌忙回以微笑，但山木没有理会，接着说："那家是一栋平房，简直脏得离谱。院子就不用说了，连院里的仓库顶上都堆满了垃圾呢。臭得要命，还都是虫子，真的太糟心了。更何况外观那么脏，看起来恶心死了。住在这么一栋垃圾屋附近，连我家都会被人用异样的眼光看待的。"

"里面住人了吗？"

"现在应该只住了一个男的。"

"现在？"

"以前好像有两个女的跟那个男的住在一起。其中一个应该是他妈妈，另一个……可能是他姐姐吧？"

人生相谈

"山木小姐你现在住的房子有多久了?"

"有多久……我爸妈买二手房买到那里,大概是在我读初中的时候,对,是一九九九年,所以算起来大概十五年了吧?"

"你都在那里住了十五年,却跟那家人一点交流都没有吗?"

"嗯,怎么说呢,感觉他家有什么隐情,所以几乎都不接触的。"

"那个男的是什么样的人呢?"

"年纪……大概二十五六岁?我读初中的时候,那个男的大概上小学四五年级的样子,所以应该比我小一点点?"

"下次你再看到他,要不要跟他打声招呼呢?比如说请他收拾一下家里的垃圾。"

"哎呀,不是那个问题。怎么说呢,他有一种拒人千里之外的气场?要是我说错什么话,说不定会偷偷摸摸报复我的。我爸妈也有点怕他们家。"

"为什么呢?"

"那个男的的妈妈还住在那里的时候,我们两家好像起过什么纠纷。从那以后,我爸妈就完全不跟那家来往了,他们说不想扯上关系。"

"不如,干脆报警怎么样?"

"报警是不是有点过了?毕竟,他们也没犯法。"

"我觉得这已经算犯法了。你不是说他们家臭气熏天吗?"

"嗯。我连衣服都不敢晾。"

"大概是怎么样的臭味？"

"就是类似东西烂掉的臭味，还有厨余垃圾的馊味，有时还有化学药剂的味。"

"药剂？"

"我也说不上来，就是有股刺鼻的气味啊。"

"你不觉得这问题很大吗？说不定里面有尸体……"

"尸体！"

山木本来夹了一块叉烧，听到这话手上一松，肉片"啪"的一下落回碗中，溅起大片水花弄脏了桌子。

"表面上是垃圾屋，其实是窝藏尸体的地方。最近电视上在播这种推理剧哦，好像是武藏野宽治写的小说改编的。"

"窝藏尸体……"

"哎呀，我开玩笑的！"米田笑道，"不过，就算没有死人，里面应该会有不少死老鼠吧？不论怎样，卫生问题都很严峻，我觉得，你还是跟你们那的派出所商量一下比较好。"

"嗯……"

"话是这样讲啦。对别人说说很轻松，可是到自己头上，就没有那么简单了。"米田叹道，"我也鼓不起勇气去找房管说呀。不仅不敢去，还想直接逃跑呢。"

"米田小姐那边的纠纷，又是哪种纠纷？"

"我这边就是纯粹的噪音问题。那栋公寓很老了，墙壁很薄的。"

人生相谈

"噪音啊,也很难办呢。"

"真的是。要是收入再高点,我就能搬到墙壁更厚、彻底隔音的公寓去住了。"米田说着,慢慢把她的目光移向窗外。

窗外是一栋高层公寓。在正午的阳光照射之下,它就像一块巨大的银疙瘩。

"唉,要是能住在那里面就好了。"米田以此作结,"能住在那种地方的人,一定跟噪音还有垃圾屋都无缘吧?"

然后她用勺子把盘子里剩下的印尼炒饭都拨到一起,依依不舍地舀进嘴里。

看看时钟,十二点四十五分了。

必须回去了。

郁子起身,离席。

2

"哎,刚刚那个人……"

化妆室里,山木千佳用吸油面纸按着额头,忽然发问。

"刚刚?"米田美里一边补腮红,一边回应,"哪个人?"

"就是刚刚在家庭餐厅里,坐在我们斜对面的那个女人啊。"

"有这么个人吗?我完全没注意。"

"我还一直在想,是不是你认识的人……"

"咦？"

美里的手停了下来。"为什么？"

"因为，她一直盯着你看。"

"啊？"美里胳膊上陡然起了一层鸡皮疙瘩。

"一开始，我还以为是错觉……"

"那肯定是你的错觉啦，错觉错觉。"美里拿着腮红刷在脸颊上不停画圈，夸张地笑了笑，然而，她的鸡皮疙瘩仍然没有褪去。

"是吗？可是我真的觉得，她一直在看着你。"

"……是个怎样的人？"

"所以说，就是一个女的……年龄五十岁上下？人瘦瘦的，头发长长的，长相有点神经质的感觉……咦？"

山木千佳的眼神飘向虚空。

"……怎么感觉，我好像在哪儿见过这个人。"

"那，会不会是你的熟人啊？"

"不是我。"山木千佳把吸油面纸揉成一团，丢进垃圾箱，"她看的绝对是你。甚至可以说，她是在瞪着你。"

"瞪着我？"

"嗯，而且，她还竖起耳朵，偷听我们说话。"

美里的胳膊上又起了一层鸡皮疙瘩。

但是，镜子里的山木千佳已经换上营业模式的表情。她麻利地拉上化妆包的拉链，说：

人生相谈

"好啦。我们走吧。"

好……

美里也慌忙把腮红刷塞进化妆包,追着山木千佳离开了。

美里被派来这里工作是一个月前的事。

西新宿的高层办公大楼,正是美里刚从家庭餐厅的窗户望出去时,看到的巨大的银疙瘩。

这栋高达五十四层的建筑,分为办公栋和住宅栋。美里她们的工作是住宅栋礼宾台的接待员。美里从前在好几家企业做过前台,但是住宅栋——也就是公寓楼的礼宾,她还是头一次做,所以,明明已经过了一个月,她还是有诸多不习惯之处,住户的长相总也记不全。毕竟在这里,她要应对整整六百户人家,算人头的话,就是近千位居民。礼宾台通常总有三四个接待员值班,就算这样,有时人手也不够。

礼宾台要做的事有很多,例如,接待来访者,帮住户叫车,满足住户的要求,管理水电等的检修,发布各种通知,管理闲置的房间,再就是转交各种物品了。活儿一件接一件,连喘口气的时间都没有,而自己干这么多活儿,时薪才一千两百日元,美里有点不能接受。

不过,这份工作也是有一点乐趣的。尽管由于会违反保密协议,不能跟外人谈起,但在这里工作的"乐趣",就是能够窥探到所谓名人的私生活。

没错，这栋公寓里住了不少名人。且说上周，某帅哥演员来到礼宾台的那一刻，美里差点以为自己的心脏要当场停跳。当然，她摆出扑克脸应对过去了。虽然后来很是畅想了一番，会不会借此机会萌生一段佳缘……但是有位大美女来到礼宾台说要拜访那位男演员的时候，她的梦想也就无情破碎了。

其他还有像音乐家、喜剧演员、偶像之类的，她也接待过。听山木小姐说，还有远比他们大牌的人物住在这里呢。

"那个，不好意思。"

有人叫她，美里抬头一看，一个皮肤晒得黝黑的男人转着钥匙，站在面前。

啊，我见过这个人，好像是棒球运动员。

美里一下子挺直脊背，展颜一笑。

+

"回家……还不如上班开心。"

美里在更衣室不禁吐露了心声。山木千佳听到这话原本还取笑她："怎么？想表现自己沉迷工作吗？"但她很快又说"不过我也不太想回家。光是路过那个垃圾屋门口都烦死了"，可以说很是理解美里的感受。"但就算这样，我也不会觉得上班开心啦。"

"你遇到什么事了吗？"

人生相谈

"倒也没遇到什么事。就是……每天照顾这些有钱人，会感觉自己像个傻瓜。"

留下这句话，山木千佳快步走出了更衣室。她好像要去上烹饪课。

烹饪课啊。

山木小姐好像已经有婚约了。虽然她满嘴抱怨，但是很快，她就能和那个垃圾屋说再见了。

再看看我呢？

走在前往西武新宿车站的路上，美里轻轻缩了缩肩膀。

已经有好几个后来的行人超过了她。

为什么大家都这么着急呢？回家这件事，就那么让你们开心吗？

如果可以的话……我真不想回去。

明明找到那个住处的时候是那么高兴。她终于能圆期盼已久的独居梦了。虽然那个房子离车站有点远，还有些年头了，但是，那是一间很漂亮的单间。那二十五平方米的空间对她来说，曾是多么可爱啊。

床、桌子、柜子还有窗帘，都是她一直很想要的罗兰爱思[①]产品，是她掏空所有积蓄买来的。餐具、小杂货也都是她去家装店一点点收集而来。甚至还把某个月的工资全拿去买过茶杯套组。

可是到了现在，哪怕会失去这一切，她也想离开那个房子。

---

① Laura Ashley，英国设计品牌。最早是织物印花厂，如今经营范围已涵盖服饰、家居用品、香水等。——译者注

"三十万日元啊……"

美里口中忽地蹦出这么句话。

三十万日元。这是前几天房屋中介告诉她的金额,这是如果她想搬新家,就必须支付的前期费用。

"要那么多?我拿不出来。"

美里这么一说,中介回答:"那你就放弃这个房子吧。"

那是个好像古时候的名主[①]一样的阿姨,她的态度,仿佛在说只要是这一带的事,风吹草动没有她不了解的。

"可是这个房子很理想,房租比我现在住的地方便宜,离车站又近,又是新房子,干湿分离,最主要是墙壁是钢筋混凝土材质,钢筋混凝土墙的话,就不用在意隔壁邻居的生活噪音了吧?"

"这个嘛,跟木头房子比的话,确实隔音更好。"

"下一个住处我不想再重蹈覆辙了。"

"但既然你拿不出前期费用……"

"不是有押金礼金都不要的房子吗?我现在住的房子也是呀。也不需要担保人——"

"所以租客入住之后才会不满意的吧?"

"哎?"

---

① 封建时代对东日本拥有大片土地(名田)、较武士更富裕的地主的称谓。多数人同时也是代表当地村庄的知识分子。——译者注

人生相谈

"说到底,不要押金和礼金的房子,本身品质也就那样。正经的好房子绝对不可能一文都不收。还有,你刚才说不要担保人?最大的问题就是这个。不要担保人,说明'不论是谁'都能住。我们为什么要人担保或者审查,就是为了弄清楚这位租客究竟有没有支付房租的能力,以及是不是正经上班的人。当然了,现在有些担保公司专门代办这种业务,但要是找了担保公司,那可是得通过非常严苛的审查的,就连在大企业上班的正式员工,有时都过不了审查呢。哪怕一个人赚得多,但如果是个体户,或者什么自由职业者,那都是要毫不留情刷掉的。租别人的房子住,本来是一件很难的事情,所以呢,要是有什么房子不用人担保,更不用审查,就能随便住,说明它面向的群体,就是那种不怎么样的人。"

"不怎么样……的人?"

"你别让我接着说了,再说下去会构成歧视的。"

"您的意思是,非正式员工,或者没有工作的人……"

"嗯,简单说,就是这样。更进一步讲,就是有可能拖欠房租,以及有连夜潜逃的风险的人。原本要设置担保人,就是为了规避这些风险,那么不需要担保人意味着什么,你应该了解了吧?"

"意味着,房东人很好……之类的?"

"错了,大错特错。真是的,所以说你们这些小孩真是不谙世事。"

"那……是为什么?"

"因为他们要求的房租本来就偏高。也就是说,房东跟你要的钱早就包括押金和礼金了。"

"是……这样的吗?"

"是的。所以,住到最后,你付的钱反而比收押金和礼金的房子还多很多。"

"怎么会……"

"而且,这种房子一般都建得很不讲究,看着好看,但比工地的钢板房强不了多少,更进一步说,那些房子其实就是打扮得漂漂亮亮的章鱼屋①。你跟你邻居家之间的墙就是个隔板,所以邻里之间才会经常闹矛盾。"

她说得一点不错。美里无言以对,只好默默离开了中介所。

对着她的背影,那位中介阿姨也不知是好心还是挖苦,说了这么一句话:"租客是没有'划算'这一说法的,绝对没有,房子都是一分钱一分货啊。小姑娘,你可不要听信外面那些人的花言巧语,不然会多花钱的!"

就算你这么说。

反正,我就是个"非正式劳动者"。父母在乡下靠退休金生活,家里的房子也是公租房。而且,自己跑来东京又几乎相当于离家出走,更开不了口请父母帮忙做担保人了。就自己这么个情况,哪怕能

---

① 指曾经在日本北海道及桦太一带提供给重劳动者居住的集体宿舍,生活条件恶劣如监狱。——译者注

人生相谈

准备好前期费用，恐怕也会被之后的审查刷掉。

那么，既没有担保人，也不是正式员工的人，以后就一辈子没法住好房子了吗？

也就是说我还要继续在那个房子里住下去？

前面有个流浪的大叔慢吞吞地推着推车向自己走来。如果在平时，美里会轻快地躲开对方身上飘来的体味，而今天不知为何，她没能做到。

"今朝他人难，明日我自身……"

美里口中，又不自觉地飘出这么一句话。

不要，不要，不要，她唯独不希望这样。

就是啊，邻里纠纷又怎样，只要有个家能回，不就该谢天谢地了吗？现在就继续在那边忍耐一下，然后工作努努力，再努努力，或者找个好人结婚，搬进好房子里住，不就好了吗？

没错，现在正是她该忍耐的时候。不能心急，心急吃大亏。

美里轻轻握拳，然后加快脚步。

而，就在那一刻。

连接西武新宿车站的大铁路桥上人山人海，人群中，有个熟悉的身影。

美里浑身上下都起了鸡皮疙瘩。

不会吧……为什么，那个人会在这里？

+

怦怦作响的心跳，至今仍未平息。

西武新宿车站里，美里站在检票口前，回头看了一眼。

果然是错觉吗？还是说，认错人了？

不，不会错的，那个人，就是西野阿姨。

很少有人像她那个样子——服装和发型都很独特，泡沫经济时期流行的包身裙，还有齐腰长的零层次[①]直发，只要看过一次就一生难忘。

她就是那个住在隔壁的死老太婆。

美里完全不知道她是做什么的。她既不像会出去上班，也不像有家庭的人，而且，她好像已经在隔壁住了很久很久，露台上的芦荟野蛮生长，都快长成热带丛林了。

美里注意到这个邻居，大约是在半年前。

那天她回家，发现信箱里有封信。信纸用的是和纸，内容是圆珠笔写的，看起来相当有礼，所以当时她并不反感，然而，信的内容实在不知所云。

——我是你的邻居，名叫西野奈奈子。初次致函，多有冒犯。

---

① 指所有毛发长度完全相同的发型，日本20世纪90年代泡沫经济时期一度流行。——译者注

人生相谈

此番我有一个不情之请，万望你能答应。还请你，务必不要偷窥我的生活。

偷窥？我？偷窥邻居？

美里完全不明就里，于是放着那封信没管，谁知过了一周，信又来了。这次这封信夹在玄关门缝里，而且，只是写在广告传单的背面。

——我都恳求你了，你为什么就是不肯理解？都怪你，我好好的电视都坏了，都怪你放出奇怪的电波！

这实在太诡异了，美里直接扔掉了那封信。

然而，地狱一般的生活，从此开始了。

她只是发出一点点声音，邻居就会敲她的墙。一开始只是轻轻地"咚"一下，可是那声音渐渐升级，到了最后，邻居敲墙的频率之疯狂，简直让美里怀疑会不会把墙壁砸出一个洞来。有时候会听到隔壁生气地喊"吵死了！安静点！！"这种话，甚至还吼过"信不信我报警！"

要是闹去警察局，美里可受不了。从那以后，她就连呼吸都小心翼翼。打喷嚏的时候用枕头捂住嘴，天黑之后就不上厕所，连走路也是蹑手蹑脚地。而且，因为不能随便开吸尘器，家里的灰尘一天比一天厚。如果哪天敢用洗衣机，马上就会被夺命连环锤，所以就算家里有洗衣机，美里也只能跑去投币洗衣房。就算这样，邻居还是会敲她的墙。为了避免这种事，她都尽可能不待在家里，工作日就在车站附近的家庭餐厅逗留到很晚，休息日更是整日外出。

这日子，离平淡安稳差得很远。

其实，她曾经找房管公司商量过一次，但他们只是说"请你们两位当事人自己好好沟通一下"，完全是一副息事宁人的态度。

自从她找房管商量过后，邻居的敲墙和写信攻击越发激进。恐怕是因为房管去找邻居谈了。虽然美里不知道具体怎么谈的，但说的内容肯定没经过深思熟虑，所以邻居的异常行为才会变本加厉。

上周，她往美里的信箱里扔了剩饭。

昨天则是在车站前的超市偶遇，对方忽然朝她怒吼："有完没完啊你！"

然后就是今天。难道，她在跟踪自己？

不行，真的受不了了。我忍不下去了，好想马上搬家。

可是，三十万日元，我真的出不起啊。

急行列车缓缓驶离站台。

这都开走第五班了。

美里呆站在角落不知所措，心想：要不，干脆在这里待到天亮吧。

那样的话，她简直像个无家可归的流浪汉。

可是……

比起要回那个家，说不定无家可归反倒更好呢。

咿啊啊啊啊啊！

一阵刺耳的怪叫声传来，美里不禁吓得一缩脖子。

人生相谈

扭头一看,那个穿包身裙的长发中年女人,正挥舞着手里的包包,拨开一波又一波人群向她跑来,速度快得眼睛都追不上。

西野阿姨!

美里浑身上下响起警报。

可是,她的身体却好像被鬼上身了似的,一动也动不了。

"总算给我找到了,你这该死的家伙!"

西野阿姨好像在吼叫。

"是谁派你来的!你为什么要把我的事投稿给报社?"

那仿佛鲜血一样刺眼的口红,已几乎贴到美里面前了。

"今天早上这篇,是你写的吧!什么'采茶女',就是你吧!"

然后,一张剪报劈头盖脸朝着美里砸来。

美里的身体还是动弹不得,顶多能勉强看清掉在她脚边的报纸上的文字。

那好像是个以咨询人生烦恼为主题的专栏。

"我到底跟你有什么仇!你竟敢这么曝光我!"

西野一边大喊大叫,一边用力挥舞手提包。

"都怪你,大家都在监视我!都怪你,所有人都针对我!都怪你,我脑子里一片混乱!咿啊啊啊啊啊!"

她用那只手提包毫不留情地击打美里的脸和身体。

可是,美里仍然没有动弹。

"我杀了你!"

"杀"这个词脱口而出的瞬间，周围此前假装视而不见的人们终于开始做出反应。

即使这样，美里也仍然一动不动。

她只是像一只沙袋一样，呆呆地站在那儿，单方面承受着手提包的轰击。

片刻后，美里在原地静静地昏了过去。

3

"好的……这样啊……我明白了……再见。"

西新宿帕拉佐公寓，职员室。

山木千佳放下话筒，吐出一口气。

领班小林正在旁边，时不时瞄她一眼。

米田美里已经无故缺勤两天了。作为来自同一家劳务派遣公司的员工，千佳自然被旁人问及此事，她还不得不负责跟派遣公司联络。今天，她的面前终于出现了一个答案。

"所以，米田她要怎样？"领班小林等得不耐烦，抱着胳膊问道。

"她好像……打算回乡下去，所以，这边的工作她要辞掉……"

"辞掉？"小林的鼻孔喘起粗气。

"啊，正式的解释之后好像会由派遣公司的营业员去跟她

人生相谈

打听……"

"啊？怎么回事？有这么不负责任的人吗？贵司到底是怎么教育员工的？这可是信誉问题，是要赔偿损失的！真是难以置信！"

"我才难以置信呢。"

西新宿高楼大厦角落里的家庭餐厅里，千佳抿了一口水，夸张地叹气。

"真是的，又不是我的错，凭什么我要挨她的臭骂？"

"领班真的很生气啊。连我都没幸免，成了她泄愤的对象。"

虽然来自不同的派遣公司，但跟千佳算是同一时期来这里工作的井上小姐，一边用勺子捣碎印尼炒饭上的太阳蛋，一边说。

"泄愤？"

"嗯，她推了个麻烦事给我，就是那个住在三十楼的吃软饭的小白脸，她叫我去一直听那个人投诉、抱怨。"井上也夸张地叹了一口气。"话说回来啊。那栋公寓，表面上明明说只接待有固定职业的人，可是里面明明就住了很多达不到要求的人嘛，到底是怎么做审查的？"

"小白脸还算好了，里面绝对住了那种不太对劲的活动策划师吧。每次一到休息天，就会跑来一堆穿得花枝招展的年轻女人，通通挤在门厅那里啊。"

"我听说是在办联谊会，好像是什么富人联谊会。"

"这种聚会也可以办吗？"

"唔,毕竟,没有规定禁止人群聚集嘛。不过,也要看内容吧。好像挺多住户投诉的。听说他们一直到半夜三更还在丁零哐啷,吵得很。"

"又是噪音的事……"

千佳回想起米田美里的话。

——能住在那种地方的人,一定跟噪音还有垃圾屋都无缘吧?

那个时候,千佳刻意没有否定她的话,但其实,根本没有那种好事。投诉和纠纷都一箩筐。米田只是刚来一个月,所以遇到那种局面的机会比较少而已。

"真是的,这份工作总是有各种麻烦。"井上小姐把半熟的蛋黄拨到炒饭上,然后一口气搅拌起来。

"井上小姐,你也是喜欢拌开来吃的人?"

"哎?"

"话说,这里的印尼炒饭,好吃吗?"

"为什么问这个?"

"没什么,就是之前,米田小姐也吃了一样的。"

"还行吧。话说,关于这个米田小姐,她为什么忽然辞职啊?无故缺勤那几天之前,她不是精神挺好的吗?"

"这种事,我怎么知道啊。"千佳转动叉子,卷起一卷培根蛋酱意面,塞进嘴里。

"啊,不过,"嚼完嘴里的蛋酱意面后,千佳忽然说,"她之前

人生相谈

好像很头疼邻里纠纷的事情，所以，说不定就是因为那个。"

"邻里纠纷？"

"嗯，详情我也不太清楚，好像是噪音问题吧。"

"噪音啊，这个闹起来还挺深仇大恨的。我正在处理的那个投诉也是噪音纠纷。说是隔壁房间的人一直在咚咚咚地敲墙，太烦人了。"井上小姐暂且放下勺子，一口喝光了冰水。

"就是那种爱捶墙的人吧。"千佳也放下叉子，用餐巾擦干净嘴边的酱汁。

"明明是那么气派的富人公寓，隔壁邻居的噪音却听得很清楚呢。"井上再次把勺子伸进炒饭。

"与其说听得清楚，不如说是有回音？听说楼层越高，墙壁就会越薄，不知道实际情况如何呢？"

"啊，那是真的。听说高层大楼的墙壁不是用钢筋混凝土，而是用石膏板做的。而且考虑到建筑构造，肯定是越高的楼层，墙壁做得越薄，这样才能控制压在整体建筑上的重量。隔音性能总体来说还是不错的，但该听到的噪音好像都避免不了哦。直接敲的话，甚至会比木头做的墙壁更响呢，而且还很难找到声音的源头。本以为是隔壁房间在吵，结果实际是楼上之类的。更有甚者，其实是从离得很远的房间传来的也有可能。"

"毕竟声音会通过墙壁、地板、窗户之类的，扩散到各种地方去。"

"没错，所以，楼管也不好贸然去提醒住户。同时呢，被噪音困扰的住户又坚信是邻居弄出来的噪音，于是就涌起不必要的怨恨。"

"然后引发杀人案之类的？"

"哎呀，感觉很有可能！"

——一份印尼炒饭。

听到这个声音，千佳看了一眼旁边。

啊，这个人。

就是之前在这家家庭餐厅，盯着米田看个没完的人。

但是，这个人现在很明显看着自己，还在笑。千佳有些困惑地绷直肩膀。

井上小姐好像也察觉到了那个女人的存在，她看了对方一眼，然后慌忙致礼。

"她是谁？你认识吗？"

千佳问。

"你在说什么呀？"井上皱眉，小声对她说，"这位是我们公寓的住户呀！"

"哎……是吗？"

千佳又看了那个女人一眼，然后摆正姿势，深深低头致礼。

+

下午三点。这个时间，礼宾台也是几乎没人的。对上早班的工作

人生相谈

人员来说，是为数不多可以享受片刻放松的时光。

"哎，她是刚刚那个家庭餐厅里的女人。"

千佳对坐在她旁边、检查快递单的井上说。

"那个人，从前就一直住在我们公寓里吗？"

"不是哦，是最近搬来的。"

"我想也是。我完全不认识她。"

"但是，她好像记得我们所有人的名字。有一次她还喊过我'井上小姐'呢。"

"是不是因为你戴着名牌啊？"

"不是的，当时还没到上班时间，我穿着自己的衣服。"

"哦……"

"或许是职业习惯吧。据说那样的人，只要跟对方打过一次照面就不会忘记那人的脸和名字？"

"那样的人，是哪样？"

"你别往外说。"井上压低声音，"那个人，听说是占卜师。"

"占卜师？"

"嗯，挺有名的占卜师，好像还出过书呢。昨天还有个很了不得的大人物，偷偷来这里拜访她。啊，说曹操曹操到。"

"欸？"

抬头一看，有一位身穿紫色连衣裙的女性，正朝着她们两人走来。

她是家庭餐厅的那个女人，也是占卜师。

"您好。"井上先打招呼，千佳紧随其后，也致了一礼。

"请问，您要办什么事呢？"

千佳这么一问，那个占卜师像乌龟一样伸长脖子，张望礼宾台四周。

"米田小姐……今天没来吗？昨天、前天，也都没看见她。"

"您要找米田吗？"千佳顿了顿，然后说，"米田前些天已经离职了。"

"离职？"

占卜师的脸色蒙上一层阴云。

"请问，您找米田有何贵干？"

"不是，倒也不是贵干，我只是有点担心她。"

"担心？"

"是的，因为那个人脸上有死相。"说到这里，占卜师如梦初醒一般闭上嘴，然后她掩饰地笑笑，道："不，没什么。那么，我就告辞了。"然后转过身去。

死相？

米田的脸上？

千佳试着回想米田美里的面孔，可是，怎么想都想不起来。

能想起来的，只有一个漆黑、扭曲的剪影罢了。

人生相谈

4

"啊啊，真是极乐，极乐。"

小时候常常从父亲口中听到的句子，不自觉地从自己嘴里蹦了出来。米田美里尽管苦笑，但她又大声重复了一遍。

"啊啊，真是极乐，极乐。"

她回到静冈老家是在昨天。虽然在西武新宿车站倒了大霉，但因祸得福，这样一来，她就有回老家的理由了。

昏倒在站台的美里被送往医院。对方用手提包砸了她那么多下，脸和手都受了伤，据说，是车站员工帮她叫的救护车。她虽然伤得不重，但保险起见，当天还是住院观察。次日她母亲就从静冈赶来了，好像是警察联系了她。她母亲一看到美里的脸就放声大哭："你回来吧！回静冈来吧。"

于是，当天她便坐上新干线，回到了这里——一栋2DK的老市政公租房。从前她是那么地讨厌这里，可是到了现在，却又感到无比怀念了。

东京公寓里的东西都还在那儿丢着，但她打算尽快去解约，也准备把东西拿回来。劳务派遣公司的工作也不干了。尽管由于太晚联系公司，被对面阴阳怪气挖苦一通，但她也不在乎了。

总而言之，她得救了。

据说那个西野阿姨，当天就被警察抓了起来。以后，她再也不用害怕那个人了。

最重要的是，她再也不用过从前那种日子了。曾经她每天都提心吊胆，过得像个逃犯一样。那种畸形的生活，往后就永别了。

东京，果然是个可怕的地方。

的确，那里有工作机会，也有新鲜的刺激。可是同时，也隐藏着诸多危险。

而虽然乡下没什么工作可找，也一点都不刺激，但是很安宁呀。

像现在这样，放松全身，一大早就享受惬意的浴室时光。这才是人生最最重要的事情，不是吗？

嗯，没错。就在这里度过余生好了。在自己出生长大的这片土地，找一份工作，找个人结婚，然后在老家建立小小的家庭，过上平淡而温馨的人生，那才是幸福啊。

"啊啊，真是极乐，极乐。"

美里又大声说了一次。

仿佛回应她这句话一般，毛玻璃窗外掠过一个人影。

毛玻璃窗外面，是家里的后院。有人正走过她家的后院。

是妈妈吗？

对，肯定是母亲。母亲出去买东西是两小时之前，差不多也该回来了。

玄关传来了门被打开的声音。

人生相谈

看吧，果然是妈妈。

"妈妈，你回来啦？有没有帮我买冰激凌呀？"

美里在浴室跟母亲搭话，但她听到的，只有渐渐迫近的脚步声。

"妈妈？"

脱衣间的拉门被人拉开的声音传了过来。脚步声越逼越近。

"讨厌啦，妈妈，你等一下，我还在泡澡呢！"

美里呵斥道。

"妈妈，你听见我说话了吗？"

然后，浴室的门被人猛地推开。

吵死了！

+

米田美里的母亲，正拼死拼活地蹬着自行车的踏板。

她忘记锁家里的大门了。

而且她还有件事，忘了嘱咐女儿。

不要发出很大的声音，也尽可能不要说话。

否则，会被邻居狠狠地捶墙。

如果只是捶墙都还好，最坏的情况，邻居会跑到家里去。

上个星期，邻居大半夜闯进家里的时候，她还以为要被谋杀了。

那个人很危险，不是正常人。

可是，自治会和管理员都假装看不见，完全没有要主动解决问题的意思。

他们只会说一句——"请你们好好沟通"。

她走投无路，只好写信投稿给报纸上的人生相谈专栏，可是说实话，得到的答复并没什么参考价值。反而，那伪君子式的回复看得她很窝火。

以前没有噪音纠纷？胡说。有人甚至因为邻居弹钢琴太吵，最后发展到杀人的地步，那已经是四十多年前的事了。

不论平时跟邻居多常来往，总有些事是没办法的。

这件事，光说几句漂亮话，已经根本搞不定了。

米田美里的母亲，继续拼死拼活地蹬她的自行车。

人生相谈

回复采茶女：

　　据说，"邻里缺乏交流"是当下多发的邻里纠纷事件最大的诱因。就是因为您和对方相互之间不了解，才会产生矛盾。

　　请您试着去想一想，从前的房子，墙壁和地板可是比现在要薄上许多的。上下左右的生活杂音，都是听得一清二楚的。可是那时就几乎没有邻里矛盾。要问为什么，那是因为从前的住户互相了解上下左右住的人，知道彼此都是什么样的人。

　　没错，只要您与对方之间有着仿佛家人一般深厚的情谊，就不会再在乎对方的什么噪音了。这就跟您不会在意自己家里人发出的噪音是一个道理。

　　近年来，之所以会出现这么多噪音纠纷，据说是因为人们都开始重视隐私。我听长年从事住宅区建造行业的人说，他们建房时，越是注重保护隐私、提升隔音性能，发生邻里纠纷的次数就越多呢。

　　也就是说，如果太过于尊重"个体"，人就会不自觉地去注意那些从来没在意过的东西，矛盾也就由此而生了。

　　依我看，我们这个年代最最需要的，难道不是"宽容"吗？

性骚扰案有时效吗？

人生相谈

性骚扰案有时效吗？

我在东京某家大型电机制造公司上班，今年四十八岁。

之前，人事部为了晋升营业部长的事叫我过去。虽然最近不是晋升季，但鉴于现任部长病倒了，公司需要尽快找到人来顶替他的位置。他们还说，在晋升之前，会有一个简单的审查环节，也就是要我处理好自己的"尾巴"。他们会这么说，是因为曾经有位员工刚晋升不久就爆出婚外情，从那以后，我司人事部就有点草木皆兵。

这话可能有些自夸嫌疑，但入职以来，我向来勤勤恳恳，从来没有卷入任何人际纠纷，我的下属们应该也都很敬服我。我自诩从未做过亏心事，但唯独一件事令我有些在意。

这件事，用现在的话来说，就是Sexual Harassment，即"性骚扰"。

这是距今大约十四年前的事。那时的确也有"性骚扰"这个词，但当初这个词的分量还没现在这么重。办公室里坦坦荡荡地挂着印有女性裸体的日历，当时就是那么一个心胸开阔的时代。

当时我还是刚进营业部的青年员工，也不排斥加班，每天卖力干活。那天我也是留下来加班整理企划案。营业部还有个女员工留下来给我帮忙。接下来我会称这名女性为A小姐。

性骚扰案有时效吗？

A小姐是比我小八岁的后辈。虽然她能力还不错，但脾气有点古怪，是个话少又阴沉的孩子。我其实有点应付不来她，但她做事还是靠谱的，所以那天也请她留下帮忙了。

到了晚上十点，我的企划案还没写好。我已经做好当天熬夜的准备，但不能逼着A小姐跟我一起，所以就告诉她可以先走，但是，A小姐说会帮我到末班车到来之前。她乘的那班电车，末班车是十二点，所以我就承蒙她的好意了。大概十一点刚过的时候，总算看到终点的曙光，接下来只要复印就好了。按下复印机的启动按钮后，放下心来的我不由得有一种解放感，这是叫自然快感[①]吗？在复印顺利完成，复印机吐出最后一张纸的那一瞬间，我心中兴奋到了极点，不禁紧紧地抱住了身边的A小姐。

就在那时，一阵没来由的冲动驱使着我，竟然还亲吻了A小姐。当时，A小姐也接下了我的吻。

到了这个地步，根本停不下来了。我直接推倒了A小姐，和她有了肉体关系。

这种关系仅此一次，从那以后我和她之间就再也没有过了，而且A小姐第二年辞职了，我再也没见过她了。

但是前几天，我收到了一封A小姐发来的电子邮件。从那天开始，我与她之间那些一度被我遗忘的事，又开始频频在我脑中浮现。

[①] Natural High，指不使用毒品或兴奋剂，合法且自然地体验到幻觉症状。为日语自创词组。——译者注

人生相谈

　　那是不是构成性骚扰了呢？如果A小姐去跟人事部告状的话……这年头，女人说话的分量特别大，要是她真去了，我的晋升就泡汤了。

　　我每天满脑子都是这件事，实在心神不宁。

　　请问，性骚扰有没有时效呢？

（烦恼的北之王子）

1

"不会吧，真的吗？"

饭田博美颤声发问。她的双颊泛起红潮，当然，这并不是源于兴奋，也不是因为开心，而是她的愤怒……她的厌恶，达到了顶峰的缘故。

"这篇投稿，是那个课长……"她的双手连着报纸一起紧紧捏成拳头。

看她这副样子，纯一嘴角的弧度差点没绷住，但他努力克制冲动，又跟她强调一遍："不过，也没有证据证明就是他投的，所以，我还是希望这件事你能保密，要是贸然闹大，也有点那个嘛。"

"不。那个课长干得出来。"博美源自厌恶的颤抖似乎蔓延到了全身。她的手臂上浮现出无数鸡皮疙瘩。"我饶不了他。真是太恶心了！"她把报纸摔到桌上，恶狠狠地说。

"人渣！"

留下这两个字，博美就夹着化妆包，小跑离开了办公室。

多半是去化妆室了吧。下班前去化妆室仔仔细细补个妆，是她们的习惯。化妆室里的女性员工们肯定在你推我挤，探头探脑地争抢镜子，而且她们不止化妆，八卦也传得热火朝天。

人生相谈

今天的话题，不用说，肯定会是报纸上的这篇文章了。

"万能咨询室"。

抛出话题的人会是饭田博美。看她那样，肯定会添油加醋，显得煞有介事。她本来就看那个人不顺眼，甚至看他一眼都嫌讨厌。这次她肯定会紧紧抓住这个机会，把那家伙批个狗血淋头。

很好。

纯一轻轻握了握拳。

+

"你觉得性骚扰其实是什么？"

听到这个问题，葛西健人只是含糊地回答"不清楚"。

"所谓的性骚扰，简而言之，就是歧视啊，歧视。"

营业一课的大崎课长举着大杯啤酒，充满自信地说道。

"比如说，大帅哥哪怕拍了女员工的肩膀，那也不是性骚扰。女生还会很高兴，但是，如果不帅的人敢做同样的事情，那就当场判你个性骚扰。简而言之，这就是歧视！歧视啊！"

仿佛还没说够，大崎课长又重复一遍："说白了，就是歧视！"

"啊，确实。说白了，确实是歧视呢。" 健人一边搅拌和风沙拉，一边简单回答，"因为性骚扰问题，看的好像不是具体做了什么，而是当事人怎么想，是取决于主观意见的。"

"就是啊！"

大崎课长用筷子戳了一块南蛮炸鸡，咆哮道。

"我只不过看见女员工剪了头发，问一句'哟，换发型啦'，人家就立马给我扣个性骚扰、色老头的帽子！"

这个，的确，哪怕以同性的眼光来看，大崎课长的色心也是昭然若揭。就算他本人没有那个意思，别人看来也会是那样子。白衬衫袖口跑出来的手毛，领口处若隐若现的胸毛，左右两边连成一片的眉毛，加上他嘴边那一圈黑黑的胡楂，简直就是旧时喜剧中常见的强盗形象。这几个小时里，胡须的颜色眼看着越来越浓了。女员工们好像都管他叫"会走路的雄性激素"，这冲天的雄激素本身，恐怕正是女性警惕他的缘由。所以，不论他说什么、做什么，女性员工都会退避三舍。

而他的同期——营业二课的丰田课长，就很受女性员工欢迎。他虽然长得不算帅，但那爽朗的性格和谐星级的幽默感，让他不论做什么都会被原谅。今天早上他还跟女员工说"呦，黑眼圈挺重啊？昨晚跟男朋友挺努力的吧"这样的话，健人在旁边听着都一身冷汗。可是那位女员工，不但丝毫没有表现出不快，甚至还说"讨厌啦，真是的"，乐呵呵地接了话。

的确，世道真不公平啊。

"以前的人可没这么小心眼……感觉这世道一年比一年喘不过气来。这也不能做，那也不能做。"

人生相谈

　　大崎课长盯着他戳走的那块南蛮炸鸡，大大叹了一口气。

　　"想当年，我可是连全公司的女员工什么时候来月经都一清二楚。"

　　"啥？"健人的筷子僵住了。

　　"不是有生理假嘛。每次女员工要请生理假，上一任部长就把具体日期都打听过来，做了本全公司女员工的月经日历。然后给我们都复印了一本。"

　　"为什么要这样？"

　　"所以说，这也是健康管理啊。女人嘛，月经快来之前，不都歇斯底里的？有些就跟变了个人似的。所以要事先掌握这种日子，顺畅推进工作，这可是前任部长的智慧。"

　　"智慧？"

　　"而且，掌握了她们的生理期，各方面都很方便。"大崎课长邪恶地笑了笑，"月经日历，那东西可真方便。不过现在就做不成了。"

　　那还用说。不如说，以前的部长居然做过这么欠考虑的事？就是因为你们成天做这种事，性骚扰这个词才会诞生，标准才会一年比一年严格的吧？真是的，所以才受不了他们这代色老头。

　　健人一边搅拌沙拉，一边耸耸肩。

　　"喂，等会儿，葛西，你吃什么都得拌匀吗？"

　　"啊？"

　　健人抬起头，大崎课长的眉毛不愉快地拧作一团。

"你那盘和风沙拉按你那么拌，吃起来不奇怪吗？"

他这么一说，健人停下手里的筷子。盆中的沙拉被他拌得刚刚好，看起来很是诱人。

"不不不不不，一般人不会像你这样拌和风沙拉吧？好端端一块豆腐，都被你捣成豆渣了，有点恶心啊。"

"喂，别这样，好恶心。"

听到这句话，健人的手停在原地。只见千佳正瞪着他，眼神仿佛看到污物。

健人又低头看看盘子。盘子里，小牛肉做的菲力牛排、佐餐的土豆泥，还有蒸过的小扁豆，被他均匀地拌在一起。

可是，千佳却用擦嘴布捂着嘴角，一副作势要呕的神情。

"怎么有这种人，这是法餐，你居然这么吃。"

"咦？可是，这样肯定更好吃啊，味道也混在一起了嘛。"

健人委婉地尝试反驳，但千佳不依不饶。

"说到底，你一上来就把牛排全部切成小块，已经严重违反用餐礼仪了！"

"可是，一开始先全部切好，效率不是更高吗？反正到了最后总是要切的。"

"不是这个问题。"

"只要好吃不就行了嘛。"

人生相谈

"真是难以置信。你这个人只考虑自己吗?体谅体谅要看着你用这种没教养的方式吃饭的我啊。好好一顿大餐,搞得我都没胃口了。"

"那你不也是,饭里有一点大葱就大吵大闹,非把葱丝全挑干净才罢休吗?"

"所以说,不是这个问题!"

然后,千佳闭口不言。

又来?

健人继续搅拌盘子里的东西,轻轻叹了口气。

每次都是这样。为什么每次吃饭他们都会吵架?上周也是,他吃千佳给他做的饭的时候,她忽然就爆发了。他只是把煎荷包蛋盖在饭上而已,可是她却说自己忍不了这种做法。

现在这个样子,真的没问题吗?

他们的婚礼在三个月后,然而,健人丝毫不觉得能顺利举行。不论他说什么、做什么,千佳都处处挑刺。作为一个无拘无束了起码十年的人,这日子真是无比窒息。

要不结婚的事还是算了吧。

可是,这是不可能的。要是取消订好的场地,不知道得付多少违约金呢。付点违约金都算好的,要是健人敢主动撕毁婚约,对方肯定会叫他赔偿高额的精神损失费,他可不想掏那个钱。

那就只能这样结婚了。

千佳还是瞪着自己。于是健人故意继续搅拌,把食物像调色盘上的颜料一样混匀给她看。

"干吗,你这半天总是叹气。婚前抑郁症吗?"

健人抬头一看,嘴边长着强盗须的大崎课长,正兴致勃勃地观察着自己。

"要是你不结婚了,可要早点说啊。"

健人早前拜托大崎课长在他们的婚礼上致辞。今天他也是为了排练,才被大崎课长叫出来喝酒。但是,两个小时都快过去了,对方却只字不提致辞的事。

"结婚……是可以取消的吗?"

听了健人的话,大崎课长瞪大双眼。

"啥?你俩还真的出事了?"

"不是,没什么事。"

"那就好。"大崎课长翻着眼瞄健人,一口气喝干杯里的啤酒。然后他用筷子一边摆弄南蛮炸鸡的面衣,一边说:"不过嘛,结婚之前就是会紧张。我以前也这样。"

"课长也是吗?"

"对啊,明明是谈了场惊天动地的恋爱才结的婚,可结婚典礼越近,怎么说呢,越觉得没激情了。成天只会关注对方身上不好的地方。每次讨论婚宴怎么办的时候都得吵架。"

"果然大家都这样吗?"

人生相谈

"以前在对方面前一直掩盖的本性,就会在这个时候一点点显露出来啊。"

"我懂,我懂,真的就是这样。这时我就会觉得她以前明明不是这样的,感觉每次跟她见面,对方都会暴露出自己的缺点。可是第一次见的时候,我觉得她好完美呢。"

"你跟你女朋友,好像是——"

"对,我们是在婚姻介绍所认识的。档案适配度是很高的。但是,实际交往起来,就出现了很多麻烦。"

"就是最近流行的相亲?话又说回来,你们居然是在婚介所认识的,依我们这些泡沫年代过来的人看,真是难以置信。我们那代人都觉得,除非有大问题,不然去什么婚介所啊?"

"现在不是这样啦。婚介所让一些正常来说绝对不会相遇的人多了很多邂逅的机会,而且还是基于客观数据促成的相遇,很高效的。"

"不过,说到结婚,还得从谈恋爱开始吧?"

"谈恋爱……不是很麻烦吗?还有风险,而且,我们这代人跟您那代不一样,恋爱不是必需的啦。"

"咳,我们那个年代,真心想谈恋爱的也就小部分。大部分都是被媒体蛊惑的。什么'圣诞节必须去"赤王"度过浪漫一夜',全是这种被人后天植入的强迫观念。"

"赤王?啊,是指赤坂王子酒店吧,现在已经没了吧?"

"我在那家店可消费了不少啊。"

"您是跟太太一起吗?"

"呃,当然,跟我老婆也去了,还有其他人。"

大崎课长坏笑着舔舔嘴唇,豪迈地往嘴里塞了一块南蛮炸鸡。那样子简直不像智人,而是原始人。

泡沫时期啊,就连这样的人都能跟好几个女性艳遇,那肯定是个大家的理智都一塌糊涂的疯狂年代。那些曾经跟大崎课长同床共枕的女性,若是偶尔想起当初的经历,想必会懊悔不已,有苦难言了。

"不过,婚介所也不是万能的吧?"大崎课长用手背抹抹油腻腻的嘴,两眼放光,直勾勾地投来好奇的目光,"你不就在考虑放弃结婚吗?"

"您别开玩笑啦,怎么可能有这种事嘛。"健人抬高嗓门,表达撤回前言之意,"我当然会结婚了!就按照原定计划。"

说接下来的话时,健人又把嗓门抬高了一些,也是说给他自己听。

"我女朋友已经很完美了,长得漂亮,做饭又好吃,人又聪明。也就是说,只要我再努力一点就可以了。"

"那就行。"大崎课长打了个嗝,说,"但是你记住,千万别惹出什么麻烦来,小心被人事部知道。咱们公司比较守旧,就连离婚都会被扣分,反过来说,结婚就是加分项。葛西,你再干一段时间肯定能升系长了,毕竟我都跟领导推荐过你了,同期里面不是就你升职最

人生相谈

快吗？"

"比起工作成绩，公司更关注结没结婚吗？"

"当然啦，工作成绩也看的，不过咱们公司嘛，有时候更优先保持体面。"

这个，的确是。

在两个月前，某位曾经风传总有一天会爬上总经理位置的东大精英营业员被贬去北海道的犄角旮旯，就是因为听说他搞过外遇。就算那只是无凭无据的流言，但这流言只要产生，他就立刻出局了。

"可是丰田那家伙，为啥要干那种事……"

丰田？营业二课的丰田课长怎么了吗？

听说，内部已经定了由丰田课长做下任部长了。消息来源是秘书室的女员工们，所以可信度很高。

本来按照惯例，营业部的部长会选营业一课的课长来当，但仅限这次，当选的看来是丰田课长。不过嘛，这个决定挺妥当，丰田课长的人品和工作能力都无可挑剔，而营业一课的大崎课长呢，虽然能完成工作，但他一副昭和年代的老做派，行事又很强硬，而且，他实在太没人缘了，尤其在女员工之间风评极差，恐怕人事部也是看到了这点。原本笃定部长的位子会轮到自己的大崎课长，当时的失落劲儿自然是不必说的。就连今天也是，他约健人出来，绝不是为了排练什么婚礼致辞，那只是借口，健人不过是听他发牢骚抱怨的对象。

然而，今晚的大崎课长却莫名开朗，让健人的预想扑了个空。他是做好了准备接受现实，反倒看开了吗？

"丰田那家伙，真是笨蛋啊。"大崎课长好像在拼命憋住坏笑，"那家伙从前就这样，到了最后关头总会出点岔子。"

"那个……丰田课长他怎么了吗？"

健人这么一问，大崎课长一副"等的就是这句话"的样子，从桌对面凑过来。

"你没听说吗？"

"所以说，听说什么？"

"今天女员工都传疯了啊。"

"我今天一大早就去相模原工厂开会了，连回公司的时间都没有，下班直接来这里的。"

"哦，对，你是直接出勤，直接回家了。辛苦辛苦。"

"所以，丰田课长怎么了？"

"哎呀，也不是啥大不了的事。"说着，大崎课长手伸进包里摸索半天，拿出一张报纸，问："你知道'万能咨询室'吗？"

"'万能咨询室'？是那种提供人生建议的栏目吗？"

"对，这栏目办了挺久了，好像还挺受欢迎呢。"

"那这个咨询室怎么了？"

"百闻不如一见。总之，你看看吧。"

喜不自禁的大崎课长把报纸放在健人面前。

"性骚扰案有时效吗？"

人生相谈

读完这篇文章不用很久,但是要理解其中的意思,花了健人一点时间。

他先做了个深呼吸,然后慢慢地抬起视线。

大崎课长的目光立刻交缠上来,那口强盗须也仿佛浓了几分。

"怎么样?"

在大崎课长的威压下,健人仰倒过去。

"怎么……样……"他舔了舔干涩的嘴唇,咽下一口口水。然后说:"北之王子,是指东京北部的王子地区?位于王子地区的大型电机制造商,而且现任营业部长病倒了,这个投稿人,难道是我们公司的员工?"

"没错!"大崎课长立刻接话,"上面不是还写了最近有人搞外遇吗?这说的绝对是咱们公司,然后,说到最近内定晋升部长的人物——"

"是丰田课长?"健人试探性地说出这个名字。

"答对了!"

大崎课长像喊口令一样大叫道。

他仿佛再也藏不住自己的喜悦之情,开始滔滔不绝地说道:"没错。丰田那家伙,因为人事要审查,就想起从前的事来了。嗯,这事我也记得。A……就是浅川(Asakawa)嘛。浅川的确是个土里土气、很老实的女孩,但是做事很有眼力见儿,是个好孩子,我也经常找她帮忙。但是有一天她突然离职了,理由也不说。大家传来传去,说她要结婚的，要去留学的，说她是回父母家的也有，到最后都没人知道真相。让人意想不到的是，她居然和丰田有那么一段！当时'性骚扰'这个词还没有现在这种定论，浅川无论怎么告状，都只能忍气吞声。可是丰田这家伙，多半是忽然心虚了吧。他怕有人挖出他从前的事，万一让他好不容易得到的晋升机会泡汤，那可怎么办呢？真是的，这就是那家伙的缺点。他就是胆儿小！这事你自己捂着不说不就完了，偏偏要写信投稿到报纸的咨询专栏去，而且还这么明显！要是丰田还觉得自己掩饰得挺好，那他真是个蠢货，蠢得没边了！"

2

次日。

大崎课长说得一点不错，营业部的话题，正是"万能咨询室"。当然，没有人大声议论，乍一看所有人都对着电脑，一副认真工作的样子，但其实，电脑屏幕上打开的邮件传的全是闲话。

不论是坐在前排的女员工，还是身旁的后辈，都伸长了脖子，一眨不眨地盯着文字。

健人的电脑上也收到了好几封。他首先按照时间顺序，大致浏览了一遍。

第一封邮件，是昨天早晨寄出的。标题栏写的是"传阅板"，发送时间是九点过五分。至于发件人，好像是秘书室的员工。也不知到

人生相谈

底群发了多少人，邮箱地址挤得抄送栏满满当当。健人装作查看工作邮件的样子，点开了那封邮件。

——有人知道大洋早报上连载的"万能咨询室"栏目吗？也就是所谓的人生相谈专栏。今天，上面出现了疑似我司员工的人投稿的文章，内容相当不妙。谁有这个员工的身份线索？

啊，看这样子，事情确实闹大了。

健人的目光瞟向旁边的隔间。营业二课的人们正仿佛没事人似的忙于工作，而他们中央坐镇的那名男性，正是眼下风暴的中心。

不知道他是什么心情，是不是很好地诠释了"如坐针毡"这个词呢？如果换作自己，绝对承受不住。

健人一边想着这些，一边按照时间顺序，接连点开之后的邮件。

——我读过"万能咨询室"了。从内容看来，这位投稿人难道不是营业二课的丰田课长吗？

——不会错，肯定是丰田课长。投稿中提及的那位A小姐，应该是一位名叫浅川的女性。她的离职非常唐突，我早就觉得不可思议了。

——浅川小姐是我的同期。我听说她离职之后成了单身妈妈。上个月我们开同期会，久违见了她一面。我跟她说了丰田课长的事，她很感兴趣的样子，所以，我才告诉了她丰田课长的联系方式。我想，恐怕是她联系上丰田课长了。

——原来如此，所以丰田课长才会做贼心虚，向报社投出那份稿件啊。

——话又说回来，他投稿就算了，身份特征居然那么明显。感觉有点失望，我还以为他能掩饰得更巧妙一点呢。

到这里为止，都是昨天收到的邮件。仔细看看邮箱地址，有一封邮件很像是大崎课长发的，就是指名道姓地说"这位投稿人难道不是营业二课的丰田课长吗"那封，还有，提出"浅川"这个名字的邮件，也是大崎课长发的。

这么一看，很明显就能看出，是大崎课长在卖力煽风点火。

自导自演。

不知为何，这个词浮现在健人心头。

这次的事情里，如果说有谁能得到好处，那就是大崎课长了。

丰田课长一旦落马，部长的位子恐怕就会落到大崎课长手中。他现在好像就被人事部叫过去了，白板上课长的去向栏里写着"人事部"三个字。

应该不会吧。

应该不至于吧。大崎课长本来就是个爱起哄的人。一旦出现什么丑闻或者突发状况，他总是立刻抓住不放，大吵大闹，更是常常因此把一点火星拱成熊熊大火。这也是他没有人缘的理由之一。恐怕，就

人生相谈

算这次丰田课长真的落马了，大崎课长也当不了这个部长，他不是那块料。

咦？

看到收件箱里标着今天日期的邮件标题，健人的心跳乱了一拍。

"自导自演"——

正是刚才，浮现在他心头的词语。

——昨天报纸上登的那篇文章，会不会是第三人冒充丰田课长投稿的呢？我会这么说，是觉得丰田课长再怎么疏忽，也不至于写得那么明显吧。而且，我听说，当初跟A小姐交往的人，应该是大崎课长才对。

——啊，对了对了，我也想起来了。A小姐……浅川小姐跟大崎课长交往的传闻，我的确也听到过。

——既然如此，莫非，写稿件投给人生相谈专栏的人，是大崎课长？是他在假冒丰田课长？

健人的心跳得就像百米冲刺时一样快。

怎么一夜之间，话题进展飞快？简直就像推理、悬疑作品里的惊天大反转。

健人看了看邮件的抄送栏，里面删掉了大崎课长的邮箱地址。也就是说，只有大崎课长自己，还不知道怀疑的目光已经转向了他……

事情似乎闹大了,所以人们才说流言八卦很恐怖。昨天还占据优势的大崎课长,瞬间就被逼到悬崖边上了。

健人浑身发起抖来,仿佛那个被逼到悬崖的人是自己。

这个传闻,究竟有几分是真的?昨晚大崎课长说,他和A小姐……浅川小姐,似乎只是同事而已。

但是,这点谎话,大崎课长会撒也正常,毕竟,营业人最擅长的就是花言巧语,如果能为自身谋利,撒谎也不过是权宜之计。不不不,就算这样,他真的会采取这么下作的手段吗?竟然不惜假名托姓,也要把竞争对手拉下马。不不不,并不是没有可能,毕竟男人的嫉妒心是很可怕的,而且关系到出人头地,更会进一步升温。相比之下,女人的嫉妒都显得可爱不少。

至今为止,健人见过不少男同事之间明争暗斗的大戏。两个月前,那个因为搞外遇的传言被贬去乡下地方的精英员工,就是因为中了圈套,才成了激烈的职场竞争的牺牲品。

不论如何,大崎课长也做了件大蠢事。

这样他的晋升之路就彻底封死了。甚至搞不好,他还会被开除。

这样一来,我会是什么下场?我目前还是大崎派的一员,而且在别人眼里相当于大崎派的少当家。课长若是落马了,肯定溅我一身泥。我得尽早考虑如何脱身。

健人又扭头看了看旁边的隔间,只见丰田课长身旁,那个正在亲昵地跟他搭话的人,正是刚刚还坐在自己身边查看邮件的后辈。

人生相谈

这家伙也太精明了吧？之前大崎课长明明对他那么照顾，他却翻脸比翻书还快！没节操也要有个限度吧。

不，现在不是批判别人的时候，自己也得马上采取行动，必须表现出自己可不跟大崎同流合污。

健人正要起身，忽然收到一封邮件，是千佳发给他的。

——前几天真是对不起，我说了不少奇怪的话。今晚，我可以去你家吗？还是说……我们去外面开个房间？

健人摇摇头，坐回了椅子上。

真是的，就是因为她有时这么可爱，才让他欲罢不能。

健人彻底忘了自己昨天还在考虑取消婚约的事，按下了"回信"键。

——去开房吧，我会订好新宿的酒店等你。对了，你今天穿的是什么样的内裤呢？我现在就开始期待脱掉你内裤的那一刻了。我已经按捺不住了，这样下去，今天一天都没法好好工作了啊。

3

"呃，所以……是怎么回事？"

千佳慢慢抬起她小小的脑袋。

她双颊泛红，充满幸福神色，正是一张沉浸在快感余波中的女人面孔。一想到正是自己让她露出如此香艳的神情，健人就无比自豪。他们俩的肉体真是太合拍了。健人过去曾和两位女性温存过，可每次的结局都很悲惨。这么惨还不如不要女朋友，干脆一辈子单身算了。就在健人下定决心之时，偶然看到了婚姻介绍所的主页。一开始他并没有多想，也没真的打算结婚，只是以注册约会网站的心态填了个人资料，几乎完全乘着兴头按了"注册"键。这是一年前的事了。没想到，事情竟然发展得如此迅速。命运真是难以捉摸啊。没想到他下定决心孤独终老的那一夜，竟成了结婚的起点。

健人回答道："所以说，是我们课长'自爆'了。"

"'自爆'？"

千佳半睁的眼中闪烁着泪光。这是她想要更多的信号。这女人真是贪心，平时一副保守又古板的形象，到了床上就这么放得开。就是这反差叫人欲罢不能啊。健人则故意吊她胃口。

"自爆是……什么意思？"

千佳夹在想继续听下去的好奇心和肉体快感之间，喉头发出有些痛苦的咕噜声。

"比起这个，你今天为什么没回我邮件啊？"

"我还以为马上就有回信，一直等着你回邮件，结果到了最后也没回，才给你打电话的啊。"

人生相谈

健人逼问千佳,可她的眼里已经没有他了。她那双眼注视的,是存在于遥远彼方的乐园。

事后,健人捡起丢在床下的上衣,从内兜里抽出手机。

+

昨晚可能运动过头了。这才周三早上,身体却像周末的午后一样沉。

健人还是穿着昨天那套衣服,拎着在公司附近快餐店买的早餐,来到公司门厅。

才刚过八点,比上班时间早了一小时。附近没有员工,只有忍着哈欠的保安大叔。

"啊。"

他跟保安对上眼。大叔一副"得救了"的神情,向着健人走来。

"我记得你是营业部的员工吧?"

"呃,是啊。"

"啊,太好了。"

"怎么了?"

"没什么,就是有个人说要找营业部的员工,已经在这里等了快一个小时。"

"有这种人?"

"是的,就是那位。"

健人随着保安的目光看去,那里呆呆地站着一名女性。她看起来神经紧绷,仿佛已经走投无路,死盯着虚空中的一点不放。

年纪不小了,目测大概四十来岁。

"她是谁?"

"她说自己姓浅川。"

"浅川?"

"不论怎样,你能不能接待一下?她老是站在那个地方,我可没法干活。不过你小心点,我感觉她这个人有点危险。"

保安这番话促使健人来到那名女性身边。

"啊。"

女性微微反应。

"您找营业部哪位有事吗?"健人这么一问,女性却反问他:"你是营业部的吗?"

"呃,是的。"

"营业部现在什么情况?"

"啊?"

"我……看了报纸。"

"哦……"

"没想到,真的会登出来。"

"啊?"

人生相谈

"我最近心情很烦躁，总是想起以前那些不好的事，夜里总也睡不着，身上还一阵阵燥热，不知道是不是更年期障碍啊。"

"什么？"

女人诡异地笑了笑，高高抬起下巴，连珠炮似的说："我这辈子过得都不如意，真就是一生都在打碎牙往肚里咽。以前在这个公司也是，被人呼来喝去，最后还被玩弄。从这里辞职之后我去做劳务派遣，到过很多公司。哪都不是正经地方，同事天天把活跟麻烦事推给我，还搞性骚扰，回过神来，自己还怀孕了。对方听说我怀孕，撒腿就跑。但是我也有错，怪我这个人不成器，太老实，才会被利用。我一直这么自责，可是到了今天，我改变想法了——难道错的只有我吗？那些看我老实巴交就利用我的人，才是最可耻的吧？就在此时，我碰到了以前跟我一起在这里上班的人。对方说那些利用我的人都顺利升职，尤其是那个丰田，马上要当部长了。听到这话，我脑子里的弦，忽然就崩断了啊。"

女人目光游移，吐出一口浊气。她的目光已经失去焦点，眼里什么都没有。

或许保安说得没错，她的确是危险人物。健人往后退了一步。

"所以呢，我就想小小地报复一下，也没多想，写了封信投给报社。因为那时候我还是处女，可疼了啊，流了不少血。当时的内裤我还留着呢，因为对我来说，那就是唯一的证据了，想扔也下不了手。我现在有时做梦还会梦到那天的事，想着要是投了这个稿能让我心里舒服点就好了。不，说真心话，其实我是挺好奇，那个栏目会怎么回复我。但是，如果用我自己的视角去写的话，他们可能会反过来谴责我的，所以我才写成那样投稿啊，用丰田先生的视角。哼哼哼哼，没想到，真的会登出来。而且，栏目的回答正是我想要的。这样一来，我下定决心了。我要告他。所幸内裤我还留着，铁证如山，他没法狡辩。不过我又觉得，这样做有点对不起营业部的各位，现在公司内部肯定已经乱成一锅粥了吧？"

女人一把抓住健人的手臂。

"我不是很清楚……"

但健人甩开她的手，落荒而逃。

所以，这是怎么回事？那封投稿，是那个女人……浅川女士……也就是"A小姐"，假借丰田课长的名义发出的？那么，所谓"大崎课长假冒丰田课长写信给报社"，是冤枉他了？所以说，到底是怎么回事？

办公室里还没有别的员工出勤。健人心不在焉地把早餐袋放在桌上，里面飘出松饼和香肠的香味。

健人整个人倒进办公椅，在脑中整理目前的信息。

1. 报纸上的"万能咨询室"专栏，刊登了一篇疑似出自我司员工之手的投稿。

人生相谈

2. 根据文章的内容，人们怀疑投稿人是丰田课长。
3. 接着局势突变，忽然有流言称可能是丰田课长的竞争对手即大崎课长假冒他的名义投出的。
4. 但此时浅川女士出现，她就是稿件中提到的性骚扰受害人A小姐。据浅川所说，是她假借丰田课长的名义投的稿。

想到这里，健人用力摇摇头。他脑筋本来就不好使，从小学开始一直泡在足球队，是个彻头彻尾的体育生，一思考这些弯弯绕绕的东西，他就犯困。

健人从袋子里取出松饼，终于启动了电脑。

有新邮件，大部分是业务联络，但也有几封是昨天那种八卦邮件。健人按照顺序一个个点开，就在此时又收到了新邮件。

是不久前才跟他分别的千佳发来的。

——忘记跟你说了，下个星期天来我家一趟。我爸妈说想核对一下婚礼的宾客名单，所以你一定要来。

这命令式语气是什么意思？昨天晚上，她不还是小鸟依人的样子吗？

健人看出来了，她就是打算结婚之后也这么控制他。

我可不会让她得逞。掌握实权的人是我，我现在就得让你明白，我才是你的主人。

好。

健人从上衣内兜里抽出他的智能手机。

这里面录了很多千佳的下流声音。我这就给她发过去。

他从手机里拔出记忆卡，插入电脑，按下"回信"键，然后……

——早啊，送你个小礼物。一定要听听附件音频哦。

输入这行字后，他把昨晚录下的音频添加到邮件附件，然后点击"发送"。

好了。

健人自觉办成了一件大事，伸了个大大的懒腰。

4

"用力，用力……"

听见这不成体统的声音，丰田纯一慌忙按下"停止"按钮。

这家伙，又搞错了。

纯一看看旁边的隔间。只见营业一课的葛西健人觍着一副傻脸，正在敲打键盘。

那个蠢货，肯定是在看公司内部邮件的时候收到了私人邮件，想

人生相谈

回复私人的那封，却点了内部邮件的"回信"按钮，而且，抄送栏里是整个营业部所有人的邮箱地址。纯一环顾四周，好几个女员工正神色复杂地交头接耳。她们看了信，恐怕都点开那个音频文件了，其中也包括饭田博美。

她的脸上充满了即将爆发的愤怒和厌恶。谁要是惹怒了人称营业部第一武斗派的她，根本无处可逃。

其实昨天下班前，饭田博美来找过纯一。她说从葛西健人那里收到了奇怪的邮件，显然在邀请她去开房。她问，这应该算性骚扰吧？当时纯一还说可能只是对方搞错了，之后他会找本人问问清楚……借此暂且抚平了饭田博美的情绪。但是到了这个地步，自己实在没法帮忙开脱了。

纯一又看了看饭田博美。她脸上的神情跟那天一样。

没错，就是前天——星期一，《大洋报》刊载那篇"万能咨询室"投稿的当天。读完那篇投稿，纯一立刻反应过来说的是自己，而且，投稿者肯定是浅川小姐。对那天的事情了解得这么详细的人，除了自己只有她。但是，其中也有错误的部分，那就是自己"作为下一任部长的候选人被叫去人事部"。的确，员工之间似乎在传"下一任部长会由丰田课长来当"，但这与事实不符。他不过是被人事部叫去，商谈大崎晋升的事。没错，本来要当部长的人是大崎，只是在内部消息通知到本人之前，需要找第三方了解一些情况。

就在此时，这场骚乱从天而降。

理所当然的，纯一成了头号被怀疑对象。

这下万事休矣，不但部长的位子被大崎抢去，一个不好，纯一甚至有被开除的风险。

但是，能否设法把这次人生中最大的危机……变成转机呢？

是可以的——

能帮助纯一的人，只有饭田博美。她那耿直的正义感有时令人难以招架，但这种时候，就能成为极大的助力。

纯一在那天下班前，叫来饭田博美，悄声对她说："我被大崎陷害了。他假借我的名义，投了这种稿件。"

饭田博美轻易地相信了他的话。她原本就看大崎不顺眼，所以勾动她心中的厌恶并不难。

在那之后，事情的发展就一如纯一所想，不，甚至还超出了他的预想。

毕竟，连部长的位子都辗转到了自己手上。

接下来，自己可得万分慎重，一定要把履历处理得干干净净才行。

葛西健人正一边揉搓双手，一边向着纯一走来，脸上还满是坏笑，简直像个傻子。

对了，这家伙马上要结婚了。他该不会想让我在典礼上致点什么辞吧？

别开玩笑了。

人生相谈

这家伙的命运,不是被贬职,就是被开除,这是迟早的事。

喏,瞧见没有,饭田博美涨红着脸站起来喽。

虽然很可怜,但你已经完了。

性骚扰案有时效吗?

回复烦恼的北之王子:

您所做的事,比起性骚扰,更接近强奸。强奸罪的公诉时效为十年。但是,如果当时您对对方造成了伤害,就构成强奸致伤罪,这种情况下,追诉期为十五年。处女膜破裂也包括在致伤范围内,因此如果对方是处女,您这个案子的时效还是成立的。

因此,如果当时A小姐仍是处女,您可能会以强奸致伤罪遭到起诉。顺便一提,强奸致伤罪的法定量刑,为五年以上有期徒刑或无期徒刑。

也就是说,一旦A小姐去法院告您,您可能就得坐牢了。真是自作自受啊。

我捡到一大笔钱,请问我该怎么办?

人生相谈

我捡到一大笔钱，请问我该怎么办？

我今年六十五岁，性别女，目前无业。

且说，我在我家后面的小树林里捡到了一只黑色垃圾袋。

这一定是非法丢弃的垃圾，我想拿到派出所或者官厅去告状，于是想先看看里面装了什么。我会这么说，是因为这片小树林早就成了非法丢弃地点，居委会多次提到这个问题，但是屡禁不止。

我打开那只黑色垃圾袋一看，里面是个纸包，用胶带封得严严实实。我剥开那层纸，里面又有个纸包。这样两层三层，弄得这么隆重……显得越发可疑了。我有点窝火，就一层层剥了下去。

剥到最后，出现的是印着某地超市名称的塑料袋，一共有四袋。我打开其中一袋一看，居然装的是一捆捆的钞票！别的袋子我也打开看过了，也满满当当，塞的都是钱。

我吓得两腿发软，差点坐倒在地。

我不知道该拿这些东西怎么办，当时直接逃走了。至于为什么会这么做，我自己也不太明白，可能是一时惊慌失措吧。

到了晚上，我实在很在意那些装着钞票的袋子，于是拿着手电筒，又去小树林看看。

垃圾袋还在原地，还保持着先前被我打开的状态，钞票都暴露在外。正好那时开始下雨,我又惊慌起来,拖着那个袋子,竟把它拿回家了。那袋子有二十斤的米袋那么沉,但不能让它们淋湿了,所幸我家离这儿不远……运回家的时候,我就是那么想的。

其实,这已经是一年前的事。

我拿回家的钞票还装在垃圾袋里,当然也分文没动。

我一直想要把它们上交给警察,可又觉得警察会质问我为什么把钱拿回家,是不是偷偷花了一部分,于是一直不敢交出去,不知不觉就过去一年了。

我该怎么办?

我会被治罪吗?

(原田)

人生相谈

1

"嗯……"

川口寿寿子对着那封信,已经哼哼十五分钟了。

这里是大洋报社文化部。对于负责"万能咨询室"专栏的寿寿子而言,挑选登报的稿件是最令她头疼的一件事。

这个栏目还挺受欢迎的,所以她才不得不慎重。她要尽可能挑选让多数读者感兴趣的内容,但也不能选下三烂的稿子,败坏《大洋报》的品位。可以的话,稿件最好既有普遍性,又有社会性,还要有特色……

这种稿件是很少的。每天报社会收到五十几封投稿,但每封都大同小异,而且黄段子多得出乎意料。今天收到的,也多半都是讲自己的外遇、花心,还有性方面的烦恼。

其中也有暗含犯罪气息的投稿,比如寿寿子现在拿在手上的这封信。

如果信上写的是真的,很明显构成失物冒领罪,而且看样子,还是很大一笔钱。虽然上面没有写详细的金额,但既然那只袋子有将近二十斤重,假设里面装的全是面值一万日元的钞票,恐怕总额会在一亿日元左右。

一亿日元!

这可不是个小案子吧?自己已经顾不上咨询不咨询了,这可是独家大新闻。

不，有可能只是投稿人胡编的。的确有很多投稿是捏造的，之前还出过明显是同一个人以好几个不同名义投稿的事。也就是所谓的"明信片大师[①]"。

无论怎样，这个投稿是不能登的，不论它说的是真是假。

"就是啊，肯定是编的，不会错。"

寿寿子对自己说道，把信塞回信封。

咦？这个地址。

她的目光停留在信封上的寄信地址。

"啊，住在那一带。那我这几天直接去拜访一下好了，毕竟如果是真的，那可不得了啊。"

然后，她将那封信投入写着"保留"的盒子。

好了，这样一来，本期要登谁的投稿呢？

寿寿子把剩余的明信片都拉到自己面前。

2

哎？谁啊？喂，别碰了。干吗？大叔你的手，想干什么？别摸我

---

① 指长期大量投稿明信片给特定广播节目及杂志的人。这类人通常以搞怪有趣的文字内容或精心绘制的插图让自己的投稿易被刊登或读出，久而久之让其他读者或听众都能记住此人的名字。——译者注

人生相谈

的屁股啊！住手，叫你住手，住手啊！

我要下车！

四面八方的人纷纷皱眉，但我毫不在乎，只是踩着别人的脚，推开别人的肩，在人海之中向着渐渐关闭的门挤去。来不及，来不及，来不及了，等一下！

嘿呀！我一下子缩紧全身，像章鱼一样溜过狭窄的门缝，但中途好像狠狠地踩了谁一脚，受害者龇牙咧嘴，正瞪着我呢。此时车门顺利关闭，那张狰狞的面孔也就贴在了玻璃上，跟着呼啸而出的列车一同远去。

呼。

总算解放了。

不过，这是哪儿啊？

四谷。

太好了，这就是我要去的地方。对哦，要是没有那个痴汉，我肯定就坐过站了。这种情况，我是不是还得谢谢他啊？不不不，生理上接受不了，而且，我心里肯定是暗暗希望坐过站的。到时候用"哇啊，真不好意思，我这边赶不及了，所以今天先取消可以吗"来当借口。可是都怪那个变态，害我落得个准时赴约的下场。

四谷站附近有栋细长的高楼。有些年头的招牌上写着"大洋报业大厦"，彰显它自身的古老历史。一楼有个休息区。

啊，坐在那儿的是不是川口女士？对，就是大洋报社文化部的川口女士。啊，感觉她今天也心情不佳。呃，不行了，我的胃开始抽搐了。

我右手握拳，瞄准胃部，狠狠地给它来了一下。

+

"疼！"

上颚好像被饼干划伤了。

这饼干是我打零工的厂子生产的。我总觉得空手来不太好，所以每次拜访大洋报社，我都会带点饼干，但川口女士好像不太爱吃，每次都只有我一个人吃。明明这么好吃。您瞧，这上面的装饰是我弄上去的哦。看起来简单，其实相当有难度的。不过这饼干的缺点就是成品有点偏硬，要是吃急了，边角就会划伤口腔。我刚刚好像就被划伤了，嘴里有一点点铁锈的味道。

"嗯……"

坐在我面前的川口女士，也不知是完全不把我当回事，还是她就习惯，总是一边唉声叹气，一边念念有词，一边哗啦啦翻阅手上的原稿。

念的都是"基本水平还是有的，但是我觉得还不够火候。我觉得你应该更能写啊，要不要试试更进一步展露自己"之类的话，叨叨个没完。

人生相谈

我一开始还会答应几声，或者表示赞同，又或者回答"真不好意思"之类的，但大概五分钟前就不再接话了。

而川口女士还在自言自语。有时她会用让我浑身不自在的措辞夸我、捧我，但是，她的眼里却完全没有我。觉得我不行的话，您直说就好了啊。

她会说诸如"这一段我觉得不错，这种尖刻的感觉非常好""这一段使用的描写很独特，我觉得很有意思"之类的话，乍一听在列举我的优点，但话锋一转，又会毫不留情地指出"但是你没把优点好好利用起来。怎么说呢，矫饰过多，反而抹杀了不错的点子"。罗列我的各项缺点还嫌不够，最后她还会说"具体来讲，就是这里的这段描写"，然后朗读一段。求求您不要啊，怪难为情的！

但是……

"能让大洋报社的记者直接帮你看稿子，世上哪有比这更好的机会！"

我脑中响起文化中心的讲师的话。

我从一年前开始去车站前的文化中心学习。我这种人一旦看见那张写着"教你如何写小说""对接职业编辑、作家直接学习"等广告词的传单就毫无抵抗力。我掏空存款，付了入会费和课时费，毕竟不管怎么说，成为一名文人是我自小学就有的梦想，所以我大学毕业后也没怎么找工作，而是靠打工维持生计，就是现下流行的飞特族。这名字叫着好听……但也就是个微不足道的小时工啦。平时过日子，就住在读书时一直住的九平方米小单间，真可谓立锥之地。这样的我心中仅存的希望，就是以作家身份出道。尽管希望十分渺茫，就像一根垂入地狱的蜘蛛丝，可我也是攀着它过活的。

川口女士作为嘉宾来到文化中心，是在两个月前。当时，我的稿子偶然成了点评对象。川口女士是这么说的："我看，比起作家，你更适合做写手吧？下次你来大洋报社一趟，我帮你好好看看。"

我信了她的话，频繁前往大洋报社已有两个月。她每次都给我一封某人寄来的投稿，叫我用练笔的心态去写写看，也就是让我回答他们的咨询。我已经写了不下十篇回答了，可是，总达不到她的及格分。

这次的原稿似乎也没入得川口女士的法眼。

"我捡到一大笔钱，请问我该怎么办？"

我试着对这封投稿做出了回答，而且说实话，自我感觉写得还挺好的。

"这位咨询者好像就住我家附近。难以置信，居然有那么大一笔钱，掉在离我那么近的地方。"

我试着用轻松的语气说出这话，可川口女士的神色仍然严峻。

果然，今天也是白跑一趟。看来，一千二百日元的电车钱又浪费了。

"哎，你要不要去旁听一下官司？"川口女士冷不防地说。

忽然提这个做什么？是不是想叫我亲眼见识一下真正的罪犯，给

人生相谈

文章带来深度？唉，深度啊……

对了，小学时我看过一本漫画。一个导演说着"现在你最缺的就是爱"之类的话，侵犯了想要当演员的处女。那是我母亲私藏的女性向情色漫画。结局则是不出所料的大团圆，角色说着"导演，谢谢您让我体验如此美妙的世界！我觉得自己可以拍出很好的戏了""对吧？性爱便是艺术，艺术正是性爱啊"之类的台词，就这么收尾了。老妈，你平时就看这个啊？看了还挺受用？哇，好受打击，母亲的形象都崩塌了！啊，老妈回来了，脚步声还在大门口。赶快赶快，我得赶快把这本书藏起来。呃，它本来藏在哪儿来着？这里？不对，不是这，那是这里吗？呃……

"你在干什么？"

我最终没来得及藏好那本漫画。

因为那是自己的漫画书，又被儿子翻出来看了，儿子还看得兴致勃勃，这一系列事实，让母亲非常气愤。纯属迁怒啊！本来口头骂几句就完了的事，她的第一反应偏偏是扬起巴掌。此后的十二分钟里，我都在被她胖揍，或许揍了更久。忘了是在什么时候我昏了过去。就是从那以后，我和母亲之间便有了无形的沟壑。连正常的对话都很难进行。我本以为时间总会帮忙解决掉这个问题，但至少到了今天都还没有。

"那么，明天见。"

"哎?"

"不是说了吗,旁听官司啊。"

"好的。明天吗?"

"对,明天,我们在东京地方法院门口集合。十点可以吧?"

"早上……十点吗?"

"对。去不了?"

"不,可以,没问题。"

其实我还要打工,是从今晚一直上到明早的夜班。可是我总觉得,如果此时说去不了,人生之路就会被堵死的。

"那明天见。哦,我可能会晚点到,那样的话你就自己先进去吧。法院一楼大厅的保安室里有写着案子和法庭编号的开庭表,你可以挑一下。"

"挑?"

"官司有很多种,你随便挑一个合适的去旁听。"

"哦。"

"尽量挑杀人案。"

"杀人案……"

"哪怕我没去成,你一个人也要旁听哦。"

川口女士,您这是打定主意要迟到吗?

总感觉……

人生相谈

+

"嘿,要旁听官司啊?"

在休息室里,安田大姐一边活动肩膀,一边随口应道。

她脱下卫生帽,露出一头闪亮的金发,据说是她上周冲动染发的结果。平时明明是个很文静的人,忽然变身着实让我吃了一惊。"可能是更年期吧。"说这话的人是榎本大姐,"你看,女人情绪一不稳定,就会换发型不是吗?这一个月,她起码换了三次发型了吧?第一次剪短了,第二次烫卷了,第三次染成金色。这回可真够猛的,已经不是合不合适的问题了,倒不如说,根本是个黄金佛像嘛。"

这位榎本大姐自己,这周也换了眉毛的造型。她额头上目前挂着两把锋利的回旋镖,仿佛下一秒就要从脸上飞旋出来。

"她叫我去旁听杀人官司耶。杀人案。"

"哎呀,不过,确实没啥比杀人案离咱们更近了吧?我每天也在心里喊打喊杀的啊。"听了我这话,安田大姐一边吃黑豆仙贝,一边说,"只不过没真的下手而已,依我看,其实每个人都想过要把谁给杀掉吧?"

"是啊,也就是没真动手而已。"榎本大姐也嚼着黑豆仙贝说。

"有次我真的考虑过动手呢。那个女的实在太可恨。"安田大姐忽然说出一句吓人的话。

"哪个女的?"

"我女儿。"

安田大姐有个上初中的女儿,我见过一次,是个还算时髦可爱的小姑娘。她见人打招呼也很有礼貌,于是我说了一句"您女儿真懂事",安田大姐却反应平平:"是啊,对外人是这样。"

"我真的想过要弄死她,就我女儿。"

安田大姐抿了一口塑料瓶里的乌龙茶,在嘴里咕嘟咕嘟漱了半天,然后接着说:"她实在太口无遮拦了。我有时候气得上头,原来越是亲近的人,越会动杀心啊。要是她跟我非亲非故,我没准还只是恼一下,不理她就完了。哪怕真动了杀心,也会考虑各种风险,最后犹豫。那一瞬间脑子里能掂量清楚,是不是真有必要为这人做到那份上。可是越亲近的人,心里的恨意就膨胀得越快,没啥理智可言了。那种冲动,一般人可拦不住。"

"但你犹豫了吧?"榎本大姐这么一问。

"与其说犹豫,不如说她命大,没死成吧。"安田大姐缩了一下肩。

"那你难道……"

"对,我用菜刀刀柄砸了她脑袋好几下。心里想着再这么砸要出人命,但手也没停。等我回过神,我女儿浑身是血。那大概是她三四岁的事。这件事她记得可清楚了,恨我恨得要死。要是下回我俩谁再要杀人,估计死的就是我了。"

人生相谈

"要这么说，没准哪天我儿子也会杀了我。"

聊到这种话题，我是根本插不上嘴的，只能嚼嚼安田大姐给我的黑豆仙贝。

后来安田大姐和榎本大姐聊的内容也丝毫不加掩饰。那样的事在世人眼中简直就是虐待儿童，如果放在现在，儿童商谈所绝对会强制介入。

"真的，幸亏我女儿生命力够强，我得谢谢她没死成。"

"我也是，要是那会儿运气不好，他死了也不稀奇。要是那时一念之差，我儿子死了的话……现在想想都得打个冷战。"

要是那时，一念之差……死了的话。

嗡嗡——嗡嗡——嗡——嗡——

蜂鸣器响了，休息时间结束。

安田大姐和榎本大姐动作麻利地收拾好塑料瓶和黑豆仙贝，戴上卫生帽和口罩。两人的背影就像双胞胎一样，长年积累下来的脂肪打造出一模一样的后背。因为承受不住脂肪的重量，她俩的脊椎骨都弯成了圆弧。脂肪堆积到了这个地步，就不再象征丰盈了。

说这说那，我在她俩面前总抬不起头来。她们在这里从深夜工作到早晨，拿着不错的时薪，白天据说又去便利店兼职，而劳动成果全都献给孩子们。她们或许偶尔会为自己花上那么一点钱，但也只是去美容沙龙小小挥霍一番。

嗡嗡——嗡嗡——嗡——嗡——

好好好，知道啦。今天还要做三个小时的饼干。等做完饼干，我就得直接坐小田急线去新宿，还要换乘地铁……唉，累死人了。

+

官司已经开庭了，可只有我一个人前来。我总觉得自己来的路上在霞关站的站台看见了川口女士，但其实是我认错人了。那是个完全不认识的阿姨，她满脸疲惫，像个临近退休，毕生精力都献给了事业的公务员。川口女士总是得意自己三十多岁正当年，我要是敢把这事告诉她，肯定会惹她不高兴，但是既然难得看见了，有机会跟她提一下吧。

"哎哟，我可真是的，居然把一个半只脚踏进棺材的老婆婆看成您了。因为你们二位的背影简直一模一样，都死气沉沉的，走路方式又很接近，就是那种想跳步结果跳不成，或者像二等兵踢正步的那种卡卡顿顿的动作。您别不信，是真的一模一样。实在对不住您哦。"

像这样的话，总要调侃几句吧！

进法院之前，我姑且给川口女士打了个电话。

"我忽然有事，今天去不了了。"

你说啥！我可是辛辛苦苦打工到八点半，直接跑来这儿的！脸都没洗，头油得不像话，穿的又是T恤牛仔裤，比睡衣强不到哪儿去！模样跟铁栅栏里那个被告简直没区别。话说这位被告，不久前也是栅

人生相谈

栏外的人,是怎么落得现在这副游街示众的模样呢?

罪名是杀人。

也就是被告杀了人喽。难道这人是个杀人狂?但被告是一位随处可见的普通中年女性,不像是会做出那种极端之事的人。还是说,就是这种看起来普普通通的人,才会做出杀人这种无法无天的举动呢?

今天是初次公审。检察官正在详细说明案件概要。原来如此,这就是开庭陈述,不过好长啊,这也太长了吧?都读了快一个多小时了!至少语气有点起伏,或者带点停顿,声情并茂点也好。可检察官好像完全没打算讲给别人听,就用干巴巴的声调,保持同样的节奏,嘀嘀咕咕、嘀嘀咕咕的。感觉就像有人按着我的脑袋,逼我读一本不但完全不做换行,而且八成空间都塞满方块字的厚书。

完蛋,要睡着了。可是我坐在前排,打盹不合适吧?话说,我为啥要挑这么前排的位子?

因为人生中第一次旁听官司,我有点兴奋,走进法庭就推开人群,小跑到最前面的旁听席。真是的,每次去电影院也选最前排,次次看得眼酸脖子累,次次都后悔。说到底,我竟然会因为不坐最前排就觉得自己吃了亏,人怎么会有这种穷性子呢?不论是歌剧还是音乐会,那些有钱有身份的人,坐的都是比较高、比较远的座位啊,唉,我真是个骨子里的穷鬼。

我用力晃晃脑袋,但头马上又往下垂,简直像地板上有根强力皮筋拉着我一样。不行不行,我想对抗地心引力,可一抬头就惨败。想用力撑开眼皮，也顶多撑出个眯眯眼。没想到睁着眼睛是这么困难的事。我调动全身的神经，硬是撬开了眼皮。

"也就是说，这项经历成了被告人的心理创伤，此后被告人的性格就蒙上了阴霾。"

检察官的开庭陈述终于结束，轮到辩护方开庭陈述了。律师跟检察官不一样，好歹是有感情的。只见律师手脚并用，慷慨陈词。我的睡意瞬间飞走，不知不觉就要往前凑。

"因此，正是这项创伤诱出了被告人的心魔——"

来了来了，又是"创伤"又是"心魔"耶。我无比期待，更往前探了探。

律师可能也来劲了，嗓门又抬高了八度，就被告为何杀人的问题搬出一系列童年经历、心灵创伤云云，拼命给她找理由。

原来如此，律师所讲述的被告人的过去的确值得同情，多愁善感的人恐怕一下子就会倒向被告方，但是，我并没有那么善于共情。不论对方的故事多催泪，我都不会有丝毫波动。我只是爱看热闹罢了。

检察官的开庭陈述没让我多感兴趣，但多亏这位律师点燃了我低俗的好奇心。我探出身子。

案子的来龙去脉是这样的：

美代子和花子是好朋友。两个人本来是同事，在同一家公司工作。美代子比花子早进公司两年，但是花子跟美代子的上司结了婚，

人生相谈

这就有了点风水轮流转的意思，渐渐导致美代子压力很大。而且美代子以前就喜欢那个上司，但他现在成了花子的老公。心情复杂但为了让自己死心的美代子一直希望能跟花子断绝联系，但是天真无邪的花子又老爱来找美代子，跟她报告自己婚姻生活的细节。最终这成了美代子难以忍受的负担。

嗯嗯，原来如此。美代子的压力我有点理解。世上就是有想断又断不了的缘分嘛。不过就算这样，杀人就不合适了吧？

站在证人台上的被告人垂着头，回答检察官的问题。问题的内容是"为何要以那样的形式丢弃尸体"。

——我开始觉得，如果不杀了花子，我就没法逃离现在的痛苦了。虽然杀人是一时冲动，但是从很久以前开始我就一直在构思要怎么杀了花子，为了掩盖证据要怎么处理尸体。上班的时候，坐电车的时候，我满脑子都是这件事。

尸体的处理方法是从平时看的漫画里面得到的灵感，而且考虑到要杀了花子并肢解她的话只能在自己的公寓里执行，就在这个时候花子正好来了我家。

我虽然一直计划要杀了花子，但同时也想到现在回头为时不晚，非常犹豫。可花子不断对我说一些毫无顾虑的话，我的绝望和憎恨占了上风，于是下定决心实行我的计划。花子正打算起身去厕所的时候，我怀着杀意，用丝巾箍住她的脖子，用力勒死了她……

"我跟花子曾经是很好的朋友。所以我才无法忍受她那些不经大脑思考的言行。我还对她抱有深深的嫉妒。"

被告人带着哭腔加上这么一句。

原来如此,据说在关系越好、越亲密的人之间,越容易产生嫉妒。既然如此,世人所谓培养友谊、深入交心,是不是意味着同时也会孕育杀意呢?

+

"旁听的感觉如何?"

真稀奇,川口女士今天居然吃起了我带来的饼干。"你旁听了杀人官司吧?而且还是分尸的案子。"

"是啊,让我感同身受。"

我说出川口女士大概想听的那句话。让我"感同身受"正是她的目的。

年过三十的单身女人爱上朋友的丈夫,因单方面嫉妒而杀害了朋友。她的意思,就是要我把自己的经历跟她重叠——人过三十还在饼干工厂打工,写着不会被出版的小说。不巧的是,我既没有那么亲密的朋友,也没在谈恋爱。何况对方是女人,我是男人。我和那个被告生活的世界完全不同。

人生相谈

"不过,虽然说这话挺不严肃的,你不觉得那个案子的情况很有戏剧性吗?"川口女士咬了一口饼干道。

这话还真的很不严肃。

话说,那事不就是两个女人争风吃醋嘛。

"被告人估计相当恨死者吧,不然也不会把死者肢解了。由此可以窥见现代社会的阴暗面。"

分尸杀人案老早就有了啊。何况这也不是现代社会头一遭。

"但那可是一个普普通通的女人啊!"

好几年前发生的分尸杀人案,真凶也是普通的家庭主妇。

"所以,有没有给你带来什么启发?"

启发?什么启发?写出有趣稿子的启发,还是说,给我的生活提供启发?要是后者,那不劳您费心。我可不会发展到杀人那么麻烦的关系,争风吃醋的局也没有我的份。

"这就是你的缺点。怎么说呢,你总是感觉一切都是他人之事,跟你无关。"

可能是饼干碎片划伤了她的口腔,川口女士皱着眉头说道。

"你的确很会写文章,也具备相当强的文字总结能力,但是仅此而已。只是这样的话,你没法前往下一个境界。"

她开门见山地说出我自己也隐约有所觉察的缺点。

"我倒不是叫你去经历杀人案,或者去体验恋爱纠葛……"

我这辈子都不想经历杀人案,可以的话,恋爱纠葛也不想体验。

"但是，你要去设想、描写被逼入那种状况的人的心，然后试着把自己的情感代入他们。如果不做这种练习，可没法成为你想成为的人哦。你将来想成为小说家吧？如果一直维持现状，那就不可能实现。"

这点，我也隐约察觉到了。我有点缺乏想象力。虽然擅长正确地传达事实，但那正如那位检察官平铺直叙的开庭陈词一样毫无乐趣。谁会乐意读这样的文字呢？

"杀人的冲动、任谁都有的心魔，你必须去想象、去描写这些。"

又是心魔。

"就算是你，肯定也有吧？"

"这个嘛……谁知道呢。"

"不会没有的。有光明的地方就有黑暗。那些你以为与自己无关的事例，只要仔细审视自身，一定能从中找到相似的黑暗之处。因为世上的善事、恶事，一切的事都是潜藏在每个人心里的。"

"可是，杀意就有点……"

我想起母亲那张犹如女鬼的脸，就是那次整整揍了我十二分钟期间母亲的表情，但是，那张脸又隐约像在哭泣。我能从中看出她因为无法克制冲动，为自己的软弱而悲伤的心情。

"写别人的事的时候，你也要试着将其跟自己心里的感情重叠起来。"

川口女士啜了一口红茶，摆正姿势。

人生相谈

"然后这次,你试试回复这个人的投稿吧。如果写得好,这次我就采用你的稿件。"

川口女士从桌上推来一张便笺纸。

我有一个上小学的儿子。我和孩子父亲已经离婚,目前独自抚养他。

他最近或许正在叛逆期,不怎么听我的话。我叫他去学习,他却整天看课外书,说话没大没小。我们常常吵架,有时我还会控制不住动手。我一旦怒上心头,自己都无法控制自己。前几天还把我儿子打出了血。

在旁人看来,或许会认为我在虐待他。前几天,隔壁家的太太也委婉地提醒我,请我待小朋友再耐心一些。

我很不甘心,流了眼泪。我明明在努力,在耐着性子面对儿子。儿子总是歇斯底里,我明明在拼命控制自己,不要被他的情绪带着跑啊。

可是,儿子的叛逆却日日升级。

这是前几天的事。我想给儿子庆祝他的十岁生日,所以打算开个小小的生日派对。于是我起个大早去做准备了,但儿子不知道究竟不满意什么,我准备的装饰、蛋糕和饭菜全都被他弄得一团糟。这时,我的忍耐实在到了极限,大脑一片空白。等我回过神来,发现我正把儿子按在阳台上。

是的,我想把儿子从阳台上推下去。房间在四楼,如果我真的动手,他肯定当场死亡。不知从何处传来一声"住手",我一下子回过神来,然后为自己冲动的举动颤抖不已。

刚刚的我,想要杀了儿子。

从这天开始我就无比害怕,我害怕自己有一天真的会杀死他。当然,他是个可爱的孩子,我很爱他,可是有时候,冲动就是会凌驾于我的母性之上,让我未经思考便动了手。

我应该怎么办呢?

我实在没有信心能成为一个好母亲。

来自 没用的妈妈

原来如此,投稿人在冲动之下,对孩子起了杀心。

我也曾差点被母亲杀死,而且跟这个咨询者的儿子一样,是差点从楼上被她推下去。

记得当时,我大概两三岁。是的,这是我最久远的记忆。换句话说,我这个人的人生记忆,就是从差点被母亲杀了的那一幕开始的。

印象中,那时能看到大海,也能看到天空。到处都是一片湛蓝,让人简直分不清天空和大海的分界线,还有一条红色的丝巾。

啊,我要掉下去了。

在我那么想的瞬间,看到了母亲哭泣的脸。

母亲手忙脚乱地把我搂回怀里,哭得没完没了。

人生相谈

很长一段时间，我都以为那是个梦，是从小经常会做的噩梦。但是我上初中时，我在抽屉深处找到了一本相册。相册里夹了几张照片，都是我从未见过的照片，里面拍的是个面目可憎的幼儿，是我，而旁边，是系着红色丝巾的母亲。

啊，那么那件事是真实发生过的。

母亲她，曾想杀了我。

从那以后我越发厌恶她，并以情色漫画的事为契机与她彻底疏远。这样的关系持续至今。

但是反过来说，在我的记忆中，母亲对我动粗只有那两次。跟她一同生活的十八年间，除那两次之外，她都是一个坚强的母亲。为了补贴父亲绝不算多的工资，母亲白天打小时工，晚上勤于副业，赚来的绝大部分钱都用在了我的学费和零花上。而狂妄的我呢，初中就想上私立学校，高中、大学也选的私立。那庞大的学费开销，都是母亲呕心沥血挤出来的。就连现在，她都会每月给自称"飞特族"而不去找正经工作的我打个几万日元。明知我不会接，却每周给我打一次电话。她在来电录音里一定会这么说："要是钱不够用了，就打电话告诉我哦。"

她的声音总是没有底气，听起来，总像在乞求某种原谅。

许久不联系了，我给她打个电话吧。

我想找她要点钱。事实上，我的确有些缺钱。

我拿起话筒。

3

"那么,您的出道作《致母亲》算是一本自传体小说吗?"

"嗯,可以这么说。因为写了那本小说,我才得以彻底拂去心里长久以来对母亲的芥蒂。虽然书本身没卖多少,但对我来说,它意义重大。"

听完女记者的提问,武藏野宽治如此说道,放开抱在一起的胳膊。关于这本出道作的故事他已经讲过好多遍,但到了现在,他回答这个问题时眼眶还是会发烫。就在他的出道作摆在书店里的第二天,母亲仿佛终于放下肩上的重担,去了那个世界。

"对了,听说老师您还为某个报社的人生相谈栏目写过答复?"

女记者兴致勃勃地凑过来。

宽治有些尴尬地露出苦笑。

"嗯,不过已经是二十年前的事了。当时我还一边打工,一边去听'小说讲座'呢。那时还没出道。"

真是的,她到底从哪儿听来的谈资?给人生相谈栏目当过影子写手这事,自己明明严格保密的。大概是大洋报社的某人泄露的吧。算了,如今那些日子已经成了美好的回忆。宽治再次抱起胳膊。

"不过,负责那个栏目的记者非常严格,一直不肯采用我写的稿

人生相谈

件,所以,我的稿子第一次被她采用的时候,我可开心了。"

"您第一次被正式采用的那篇稿件里,写了些什么呢?"

"是回复一位因儿子处在叛逆期而非常头疼的母亲。"

"但那时,老师您还是单身吧?"

"是啊,我那时单身,所以没有小孩,而且我还是男的。我想说自己肯定理解不了母亲的心情,原本打算拒绝那篇稿件,但是负责的记者对我说,既然我想当小说家,就必须发挥想象力,去设想处在各种境遇下的人们的心境,不论男女老少,都要与他们共情才行。于是,我就试着思考一下母亲的心情,写了回复。就是这件事,后来促成我写了出道作《致母亲》。"

"原来如此,通过去想象母亲的心情,您才初次理解了母亲的难处对吗?"

"差不多吧。"

"那么,您为这个专栏写回答,写了很久吗?"

"兜兜转转,写了五年吧。我在出道后还写了一段时间,谁叫我是个火不起来的作家,就当兼职了。当然,除了我以外,还有别的名人和记者在写回信,所以我的出场机会不算多。不过这的确让我学到很多东西。我能有今天,也是多亏了给我这个机会的川口女士啊。"

"川口女士?"

"就是负责人生相谈栏目的女记者,她大概比我年长三岁吧。虽然她是个很严格的人,但教了我很多东西。在她的建议下,我去旁听了人生第一场官司。那次经历实在让我获益良多。多亏了那次旁听，我才能写出《剁刀下的友谊》。"

"这是您出道七年后发表的作品吧？那本书相当有话题度呢，好像还热销百万吧？"

"是啊，仅仅单行本就卖了一百一十万册，算上文库本的话，累计三百二十万册。"

"三百二十万册！真是太厉害了。我也读得非常入迷。本是挚友的两位女性为了争夺一个男人，最终甚至发展到杀人分尸的局面。因为书中女性的心理描写过于逼真，我读得很是感同身受呢。明明您是男性，竟然能如此细腻地描绘女性啊。"

"我就是因为旁听了那场官司，才写得出来的。"

"原来如此。那么，建议您去旁听官司的那位川口女士，是否就相当于您的恩人呢？"

"这个嘛，算是吧。"嗯，恐怕她的确是自己的恩人。毕竟，我的作品绝大部分原型都是寄给"万能咨询室"的咨询稿件。但是，宽治没把这件事说出口。

"所以，那位川口女士现在还在当记者吗？"

"不。"宽治说到这里，欲言又止。

某一天，川口寿寿子忽然销声匿迹。那是发生在宽治获允为"万能咨询室"写回信之后不久的事。她说自己要去见一个人，然后就消失了。她到底去了哪里，去见谁了？现在的她又究竟是活着，还是

人生相谈

死了？

从那以后过了二十年，失踪宣告也早已确定，川口寿寿子在法律上已经死了。

但是，宽治至今仍然介怀此事。因为在她失踪的当日，他在那个小镇的巴士站附近的电话亭里看到过她。当时他以为自己认错人，所以没有叫住她，但时间过得越久，宽治心中的念头就越强烈：那个人，会不会就是川口寿寿子呢？

为什么那时候没有叫住她？如果叫住她，川口女士的命运或许就会改变了。

这种念头，至今仍在宽治心中某处纠缠不休。

"您下一本书的构思是？"女记者提出一个老套的问题，像是要给这次采访收尾。

下一本书……近来作品销量下降，背地里骂他的人说，这因为最近的书都是一个套路。这一点，宽治自己也很清楚。

宽治换个姿势，重新抱起胳膊。

这段时间，我抽空去一趟那个小镇吧，就是从前，自己也住过的那个小镇。

"我有一个酝酿多年的大纲。"宽治回答，"主题是……追寻一位失踪已久的女性。"

说完这句话，宽治缓缓地松开了抱着的胳膊。

好爱西城秀树啊

人生相谈

好爱西城秀树啊

　　我是高中生,今年十八岁。别的不废话了,本人非常非常喜欢歌手西城秀树,喜欢到无法想象今后的人生里没有他的地步。梦里是他,醒了满脑子也是他,学习真的一点都学不进去。然后,我很爱看少年漫画杂志里连载的一篇叫《爱与诚》的漫画,而且一直把里面的诚这个角色当作秀树来看待。结果,没想到!《爱与诚》的电影版,这不是要让秀树来演诚了吗!我的心愿成真了,没准是因为我的念力直接传到了秀树那里。于是我鼓起勇气给秀树写了一封信,寄到唱片封面上写的"粉丝信件邮寄地址"去了。然后秀树给我回信了!而且还用歌曲,回应了我的心意!没错,他这个夏天刚出的新曲《满是伤痕的萝拉》,唱的就是我啊!而且他还用那首歌对我说"现在马上来见我"呢!当然用的是只有我一个人能读懂的暗语(解读方法恕本人不便相告),看着秀树在电视上疯狂呼唤"萝拉!萝拉!萝拉!"的样子,我实在一秒也坐不住了。秀树这么渴望我,我不得赶快去见他呀!所以我就去了那个"粉丝信件邮寄地址",结果被赶回家。是的呀!有一股势力想要阻止我和秀树相爱。他们坚决不让我和秀树相见,还要不择手段地阻拦我们。我知道原因,秀树是个超人气歌手,而我只是一介高中生。对于那些利用秀树来敛财的贪婪之辈来说,我

好爱西城秀树啊

是万万不能存在于世的！可是，我必须去见秀树！我家秀树正在呼唤我呢！我究竟要怎么做，才能见到秀树呢？求求您，真心求求您，请悄悄地只告诉我一个人秀树的所在吧，请让我和秀树见面吧！

（满是伤痕的萝拉）

人生相谈

讨厌,这是什么呀。

失笑的佐野山美穗一时忘了自己在哪儿,喷了一桌口水。

透露着无言以对的目光从四面八方飞来。

美穗慌忙取出手帕,擦擦挂在下巴上的涎丝。

可她还是憋不住笑,只好用手帕遮着嘴,先把那张打印纸放回了抽屉。

所有的打印纸,一共三十六张。

她今天一大早就赖在区立图书馆,虽然屡次被提醒"每人最多只能使用线上数据库三十分钟",但她还是死皮赖脸,靠着一次次"再打一张,再十分钟!"才全都打完。

但这仍然没有达到她的目标。可以的话,她还想再打十四份。有五十份就刚刚好了,但是实在没法再拖了,再赖下去,图书馆肯定会禁止她入内的。

真是的,要是我们公司不那么小气该多好。

美穗苦涩地自言自语。

这几年的经费砍得太厉害了。身为出版社,居然没订阅报社的在线数据库服务,真是难以置信!好几年前公司还跟多家报社的数据库签了合同,不知什么时候只剩下A报,其他都直接解约了。虽然的确在大部分情况下,她们的资料需求有A报的数据库就足够解决,但是像这次这样,如果作家想要特定报纸上的文章作为参考资料的话,她就束手无策了啊。

"你知道'万能咨询室'吗?"

上周,樋口义一这么问她。

樋口义一目前还只是个不起眼的小说家,但书评人对他的评价都很好。铁杆书粉虽然不多,但确实有。美穗认为,他总有一天会蜕变成大人物。这就是所谓的编辑的直觉。可以的话,真希望发生蜕变的能是自己负责的作品。有这一层私心在内,樋口有什么需求,她都会尽可能满足。

但是,"万能咨询室"她还是第一次听说。

"就是人生相谈栏目。"

樋口露出那种她所熟悉的,看起来没什么温度的笑容。

"是《大洋报》上,从战前就很受欢迎的连载专栏。你真的不知道吗?"

美穗的双亲都是教师,所以老家订的一直都是A报,美穗自己工作后开始独居也看的A报。当然工作性质使然,她的确偶尔会有浏览《大洋报》的机会,但看的大部分是书评和广告栏,其他文章从来没瞥过一眼,人生相谈栏目更是见都没见过。

"别的报纸也有人生相谈专栏,但《大洋报》的那个比较特殊。就是……挺独特的,而且他们的回答牛头不对马嘴,让人搞不清楚到底是在认真建议还是在搞怪,这点特别有意思。"

人生相谈

樋口说到这里闭上眼睛,一言不发地用手指敲打桌角。这是他灵感涌现的标志。

"如果我没记错的话……是的,如果我没记错的话……"

他将这句话重复两次,再然后猛地张开眼睛,说道:

"我记得有一篇投稿,就是一个捡到一亿日元的老婆婆写的。"

"一亿日元吗?"

美穗半信半疑地歪了歪头。

"没错,一亿日元。那是在……嗯,是在我读小学三四年级……也就是一九九四年到一九九五年之间发生的事。"

"真的捡到一亿日元的话,不就是大新闻了吗?"

"嗯,但是,我清楚地记得,刊登那篇文章的栏目是'万能咨询室'。"

"这可不是什么人生烦恼啊,这是该整版报道的大事件才对。"

"虽然你说的没错。"樋口再次闭上眼睛,又叩了半天桌角,"但是,不会错的,它就是登在'万能咨询室'里,因为我记得,我在妈妈的工作间里读到过。"

"那么,会不会是编的?"

"也有可能,那个栏目登了不少一看就是假的,或者很离谱的咨询。不过嘛,就是这点很有意思……啊。"

樋口停下了手指。

"对了,人生相谈,你觉得,以报纸上的人生相谈栏目为开端的悬疑作品，如何？"

"什么？"

"就是我的新书题材。"

"但是，您不是打算以'挪用资金'为主题的吗？"

"嗯，当然，但是仅此而已的话，总觉得冲击力不够。例如，让一篇'人生相谈'成为破案的关键？不，等一下，成为案件曝光的契机之类的？不，或者成为作案手法？嗯，嗯，'人生相谈'，行得通，我觉得写出来会很不错。"

因此，美穗受樋口之托，为了收集人生相谈稿件作为参考，这才来到区立图书馆。她在《大洋报》刊登的所有咨询之中，以"案件"为关键词进行搜索，然后姑且打印了她最先看到的三十六篇文章。

"话又说回来，这个'满是伤痕的萝拉'到底想干吗呀！"

美穗又瞄了一眼那张打印纸，日期写着昭和四十九年九月十二日。"好爱西城秀树啊"，不行，忍不住了。美穗再次用手帕捂住嘴，掩盖汹涌而上的笑意。

不但笔名难以直视，内容更没法看。投稿人简直就是着了魔。

不过的确，太迷偶像的话，有时就会抱有这种莫名其妙的幻想。曾经的美穗也是如此。她小学时那么喜欢光"GENJI"[1]的阿和[2]，每次跟他对上目光都会心跳加速，心想阿和该不会喜欢我吧？不过，说

---

[1] 日本二十世纪八十年代后期风靡一时的杰尼斯男性偶像组合。——译者注
[2] 偶像组合"光GENJI"的成员诸星和己的昵称。——译者注

人生相谈

是对上目光,也是隔着电视屏幕的,可人一旦过于沉迷明星偶像,或许就会模糊这种界限,即使中间有着电视这么切实的分界线也一样。

不过这种心态,顶多持续到小学毕业吧?十八岁已经老大不小了,可是这个人,居然还写得出这种信。

"求求您,真心求求您,请悄悄地只告诉我一个人秀树的所在吧。请让我和秀树见面吧!"

美穗觉得,写出这种信的"满是伤痕的萝拉"固然很"那个",但把这种稿件登报的人也半斤八两。至少帮她加几个换行吧?编辑肯定是把寄过来的东西原原本本,就那么放上去了。

不过,樋口说的没错,这个栏目确实很独特。

美穗最后小声嘀咕这么一句,用长尾夹夹好打印稿,塞进包里。

好,我也差不多该过去了。

+

"您今天是下班后过来的吗?"

美体师一边给美穗的背涂上大量的油,一边问出这个经典问题。这油的味道还真怪,不过,闻了感觉很平静。

"也不是下班,班才上到一半呢。"美穗一边抽动鼻子吸入那个气味,一边沉醉地回答。

"那,您结束后还要回去上班吗?"

"嗯，今天大概也要当夜游神喽。"

美穗自己的声音渐渐远去。啊，这个人真的很会按摩。虽然之前那个女孩也很会按，但这位美体师也毫不逊色。

上周，美穗的信箱里收到了一张美体沙龙的优惠券。虽然以前完全没听说过这家沙龙的名字，但一千日元的体验价格让她心动。她又正好在找新的沙龙，于是打算今天过来探店兼调研。但是说实话，要她推开这家沙龙的门，她还是有点犹豫的，毕竟，它位于拥挤不堪的破楼烂屋中的深巷，周围四处可见高利贷广告招牌。而那栋老商厦，一楼是根本看不出来有没有开的破旧拉面馆，建筑本身老得感觉连个电梯都没有，美体店址却在五楼，而且那扇门，简直像风月场所的大门。美穗打算当自己没来过，扭头欲走时，门随着一声"欢迎光临"打开，跑出一位自称前台接待员的壮硕大婶，边口称"您就是预约过的佐野山小姐吧"，边把美穗拖进店里。进店之后美穗的兴致持续下滑，正当坐立不安的她拼命想找个借口取消预约的时候，这个美体师就出现了。她和接待的大婶可是完全不同，是个清丽脱尘的大美女。年纪似乎不小了，但皮肤又水又嫩，身材也很好。这个人的话，或许就没错了。她就是有着能让人立马这样想的氛围。等美穗回过神来，就在她惊叹的同时，浑身上下除了内裤之外的衣物早被脱光，整个人也被指示着趴在这张美容床上了。

"佐野山小姐，您从前去过别的沙龙吗？"

美体师继续提问。美穗一时有些犹豫，但对方的按摩手法实在太

人生相谈

舒服,让她情不自禁地说出真话。

"嗯,以前我去的沙龙,有一个我很喜欢的美体师,可是那女孩去世了。"

"咦?去世了?"

"嗯,好像是因为什么过敏,忽然就走了。"

"因为过敏……"

"过敏真可怕啊,所以我后来嫌麻烦,就不太乐意去那家沙龙了。因为你瞧,如果指名别的女孩,总觉得挺对不起那个去世的女孩吧?美体师也要讲仁义不是吗?如果我在那家店指名了别人,总觉得那个女孩会变成鬼来找我,可我有什么办法呢,你说是吧?"

"嗯,是,的确如您所说。"

"你相信鬼怪之类的吗?"

"咦,鬼怪吗?当然,我是信的。不过,我还没有亲眼见过就是了。"

"我也是。"

美体师的手指顺着美穗的脊椎,一路往下滑。

啊啊,对对对,就是那里。真舒服……

啊啊啊,真的好舒服啊……

"佐野山小姐,您是做什么工作的?"

"什么?"

"您的申请资料上,写的是'公司职员'。"

"啊。"如果详细写上自己从事出版业,感觉会被刨根问底,所以美穗通常都只写"公司职员"。

"莫非,您是在出版业工作的?"

"啊?"

"我是看到您带来的纸袋上写着'福善舍'几个字。"

"啊……"

"福善舍是出版社吧?您在那里任职?"

"啊,是的。"

"是哪个部门的呢?难不成是……编辑部?"

"嗯……是的。"

"哇,真厉害!我每个月都会买《潮流女人》哦。"

"啊……我不负责时尚杂志。"

"啊,不好意思。那您是做漫画?"

"不是。"

"那就是,实用书籍?"

"文艺书。"

"文艺?"

"小说。"

"哦——哦。"

美体师说到这里,忽然再没接话。她的手指正一下下地按揉美穗的肩胛骨。啊啊,那个地方有点痛欸。

人生相谈

"你知道武藏野宽治吗？"美穗反问对方，代替喊痛。

"'五脏也宽志'？呃，不好意思，我不太……"

"那《剁刀下的友谊》呢？"

"剁刀……友谊？"

"是累计卖出三百万册的超级畅销书，已经改编成电视剧、电影，还有动画片，目前是武藏野宽治最火的一本书，是我们出版社出的。"

"哦……"

不行啊，这人，看来远离铅字已经很久了，居然连武藏野宽治是谁都不知道。美穗大幅度活动肩膀，像是要拒绝美体师的手指。

"啊，不过，樋口义一的话，我知道哦。"

"嗯？"美穗的肩膀停住。

"就是小说家，樋口义一呀。我去年看了《伟大的不义》这本书，看得超入迷，特别好看。"

"真的吗？"

听到这话，美穗的上半身兴奋得往上弹了一厘米。

"樋口义一长得很帅吧？我看了作者近照，一下子就成为他的粉丝了。"

这个嘛，的确，还算……帅吧。跟他单独开会时，美穗偶尔会心跳加速，因为对方有时会投来暗含深意的目光。

"您不觉得，樋口义一有点像阿和吗？"

"啊？"

"就是'光GENJI'的那个阿和呀。"

美体师的手指恰到好处地按揉美穗的腰部。嗯嗯！差一点就发出怪叫了，美穗把脸埋进枕头。

啊，确实，樋口可能跟阿和有点像。

对，就是因为他像阿和，所以自己才没法不管他。所以她才会觉得自己要想点办法，要处处照顾对方。原来如此，原来是这样，原来他长得像阿和啊，所以我才总是答应樋口的请求。因为我想看他笑，才会这么努力的。对，他确实像阿和。阿和……

"啊，嗯！"

欢叫声脱口而出，美穗慌忙用枕头蒙住嘴。

"樋口乂一真的很厉害呢。"

美体师又重复一遍。美穗听了就像自己受到夸奖一样，嘴角不禁上扬。

"我负责的就是樋口老师哦。"

"哎？"美体师的手指停在尾骨一带，"佐野山小姐就是樋口乂一的责编吗？"

不知是不是错觉，她的手指好像在发抖。

"真的？"

声音好像也在抖。看来真是相当喜欢他。美穗骄傲地继续说：

"我最近在让他写新书呢。今天也是为了他到处收集资料，真是累死我了。"

人生相谈

"那个……"美体师的手指有些犹豫地在她的尾骨附近游走。

"什么？"

是想要签名吗？好啊，我去帮你要。

"不，不必了。啊，不过……"

什么啊，要说快说！

哔——哔——哔——哔——

什么？什么声音？转头一看，挂在美体师腰上的计时器正在闪灯。

咦？这就到时间了？体验套餐的内容好像是四十五分钟全身按摩。这样只收一千日元确实很便宜，可总觉得不够劲儿。

"咱们再做一个全身蜡疗，您看如何？"

美体师一边关蜂鸣器，一边低声细语地问美穗。

"啊？"

"原本到这里，体验套餐就结束了，但是请务必让我为您做一个蜡疗。"

"蜡疗……是那个全身涂满石蜡的服务吗？"

"是的，它可以促进全身的血液循环，加快新陈代谢，彻底消除疲劳和浮肿，还能让您的皮肤变得光滑，甚至还有排毒作用哦。最关键的是做蜡疗特别舒服，它能让您的身心从里往外得到治愈。尤其本店使用的石蜡采用了天然素材制成，可说是效果出众。我保证，一定能让您在这里体验到其他店提供不了的舒适服务。"

"这是免费赠送给我的吗？"

"是的。"

"没关系吗?"

"没关系,但是……"美体师的嘴凑到美穗耳边,"我希望,可以得到樋口义一老师的签名……"

瞧,我说什么来着,你果然想要签名。好啊,小事一桩。

"那就请你帮我做个全身蜡疗吧。"

"您的时间不要紧吗?整个流程会耗费大约一个小时。"

其实现在还是工作时间呢。不过嘛,傍晚能赶回去就没问题吧。

"现在几点了?"

"刚到三点半。"

"现在开始做的话,到五点左右能做完吗?"

"可以的,没有问题。"

"那就拜托你了。"

此后,美体师让美穗穿上粉红色的毛巾浴袍,带她去了别的房间。那是个大约九平方米大的单间。

里面有朴素的洗脸台、一张盖着塑料膜的手术床和一只涂料桶大小的不锈钢容器。房间的一角垂着医用隔断帘,那下面又放了个洗衣篮。

"那么,可以请您在那边的更衣区脱光身上的衣物吗?"

"全脱光吗?"

人生相谈

"是的,请全部脱掉。然后,请用这个盖住您的下体。"

对方递来一张粉色的、折成三角形的油纸。

美穗有点抗拒,但这里是美体沙龙,就跟澡堂差不多。她放弃挣扎,脱掉身上的毛巾浴袍和内裤,然后将那张三角形油纸盖在某部位上。

总觉得,很难为情。

"您准备好了的话,就请仰面躺在那张台子上吧。"

美穗在美体师的催促下,仰躺到那张盖着粉色塑料膜的台子上。

不是,这真的挺丢人耶。

除了某部位被那张不可靠的三角形油纸盖着,其他地方都是光溜溜的。自己现在可谓砧板上的鱼肉,这个状态下,要是外面发生火灾什么的,就算她想跑也跑不了。

怎么回事?我好像闻到一股很诱人的味道。

一看,美体师正在搅拌那只不锈钢涂料桶里的东西,一边搅,一边还在往里丢某种大块的"疙瘩"。

"这是我们自己调配的精油。放了这个就能兼顾护肤、排毒和抗老化等多种效果。我特别帮您多加了一点哦。"

但是,你放的那个大疙瘩,我总觉得好像在哪见过啊。那种黏稠度,光泽,还有颜色……还有这种气味。

为什么呢?搞得我忽然很想吃拉面。

"其实,这个……是'匹格精油'哦。"

匹格精油？

"它是一种天然的素材，中药里面也会用到。如果把石蜡跟这种油混合在一起使用，肌肤会变得滑溜溜，效果好到包您吓一跳。"

怎么感觉比起滑溜溜，实际效果会更接近油汪汪呢？

可是，现在这副难为情的样子，她也没法抗议。

"那么接下来，我就帮您把全身包起来吧。"

+

从那之后过了多久呢？

美穗浑身上下涂满火热的石蜡，用塑料膜包好后，又用毛巾一圈圈给她卷了个严实。美体师还说这样有放松效果，给她戴了眼罩和口罩，彻头彻尾把她裹成了木乃伊。

石蜡的温度，大概五十度？比偏烫的洗澡水还烫。美穗早就满身大汗，感觉身体里的水分正不断地往外冒。

不过，这感觉不坏。

不如说，还挺舒服的。

可能是房间里放着疗愈系音乐当背景音的缘故，大脑好像产生了舒适的阿尔法波，有一种飘飘荡荡徘徊在梦境与现实之间的感觉。

话又说回来，我的眼光真是不错。樋口义一果然具备蜕变成大人物的条件，毕竟，就连那个看起来跟小说几乎无缘的美体师都成了他

人生相谈

的粉丝，虽然她好像只是迷上樋口的脸而已。

不过就算契机是这个，到最后她总是要买书的，所以无所谓。

就是说啊，现在出版业这么不景气，无论契机是什么，只要有就无所谓啦。不如说，哪怕用一点不光彩的手段，也必须创造契机才行。曾经那个"好书不怕卖不动"的时代早就过去了。现在玩的就是手段和热度，这些才是重中之重。

没有理由不去尽可能利用樋口义一那张脸。用他的外表当卖点，书一定能爆火的。

虽然目前基于他本人的意愿，在媒体那边也只有最低限度露面，但这也太浪费了。

干脆让他穿上溜冰鞋办个签名会，一定会引爆舆论。等等，这是不是有点太搞怪？不不不，这年头，就得做到这份上。难得他长了一张跟阿和很像的脸蛋，可得好好利用这点，把他包装成文坛的奶油小生，一定很有市场。

不过，呃，他的年龄好像当不了小生。虽然他是娃娃脸，但年纪应该不小，跟我说话都不用敬语的。

咦，但是……樋口老师今年到底几岁啊？这么说来，自己并不了解他的个人情况，他的出生日期和籍贯目前都是不公开的。虽然没到蒙面作家的程度，但他的个人信息保守得似乎相当严密。说到底，连他"樋口义一"这个名字是不是真名，美穗都不知道。

啊，等一下。

——那是在……嗯，是在我小学三四年级……一九九四年到一九九五年之间发生的事。

他是不是这么说过？

既然如此……也就是说，他二十八九岁的样子？

不会吧，还那么年轻？他写的那些书一股大叔味，全是社会派硬汉文学，美穗还笃定他起码过了三十岁呢。还想着"哎呀，都三十多了，长得还真嫩"。

什么嘛，那他也才二十来岁嘛。

既然这样，走奶油小生路线，不是完全没问题吗？

让他穿个紧身短裤什么的，绝对很上镜。上半身当然要裸着，他应该也挺适合系头巾？还有，溜冰鞋是万万不能少的。

肯定合适，绝对会合适的。倒不如说，很要命。

讨厌，怎么办？感觉心动了。自己可能真的要迷上樋口老师了。

咦？等一下。

既然如此，也就是说他小学三四年级的时候，就在看报纸上的"人生相谈"了？我那个年龄的时候，能看懂电视节目的时间表都够呛，要读"人生相谈"，也太难为我了吧。

不过嘛，这种小事无所谓。

问题在于紧身短裤、头巾和溜冰鞋，樋口老师会愿意穿吗？真希望他能穿。如果他真穿了，我不但会做应援团扇，还会给他挥荧光棒。啊啊，怎么办，感觉自己真的好兴奋，身体都开始发烫了。

人生相谈

不，不对，是真的很烫，好像越来越烫了。

不是错觉。

真的，好烫啊！

而且，好像还喘不过气了。

以前那家沙龙也给自己做过蜡疗，可是，有这么窒息吗？

有人吗？有人在这里吗？

这，有点烫啊。我喘不过气，都开始恶心了。

有人吗！

然而美穗怎么也喊不出声。她的喉咙干得要命，声带难以发挥作用，再加上脸上的口罩，就是这口罩作怪，把她的声音扼杀在嘴里。

糟糕了，感觉，连头都开始昏了。好疼，好像有怪力在碾压我的头骨。大脑也一片混乱，很不清醒。

好疼好疼好疼好疼。

好烫好烫好烫好烫。

喉咙干得要命，感觉快要疯了。

水水水水……水。

有人吗，有人在吗？

有人在吗！

"您没事吧？"

啊，太好了。

"您怎么了？"

太烫了，总之太烫了。我感觉我全身的水分都蒸干了，头很晕，而且很痛，而且浑身上下，到处都火辣辣地痛！

所以，你快给我把身上的石蜡剥了。不行了，受不了，我的忍耐到极限了！

"不行的，才过了十五分钟呢。这个不连续裹上一个小时，效果是出不来的。请您再忍耐四十五分钟吧。"

还要四十五分钟，怎么忍得了啊？

绝对不行！

马上给我剥了！把这些石蜡剥干净了！还有我脸上这眼罩和口罩，都给我摘掉！根本喘不了气啊。

还有，水！让我喝水！

"不可以的，佐野山小姐，您的身上本来就有很多赘肉了，一定要尽可能多出出汗，排出毒素才行。"

就算你这么说，可身体受不了就是受不了啊！根本不是赘肉的问题！

"您瞧，这个计时器，能看见吗？在这个东西'哔哔哔'叫起来之前，是不能剥开的。"

美穗的眼前，垂下一个摇摇摆摆的计时器。

咦？我为什么能看见？明明戴着眼罩啊，还是说，她给我摘了？可如果摘了的话，除了计时器，应该还能看见别的东西才对。

"您看，看得见吗？"

人生相谈

看不清楚。汗水让眼前一片模糊。

"喏,看得见吗?是我呀。您能看见我吗?"

哎……你是谁啊?你不是刚刚的美体师吧?

"对呀,我是小惠。"

小惠?

"是的,我是小惠,是曾经常常受你照顾的小惠,也是收了你很多大葱的那个小惠呀。"

讨厌,你怎么会在这里?你不是因为过敏而死了吗?

开玩笑的吧?你变成鬼了?为什么?我没做什么招你怨恨的事啊。你为什么要变成鬼来找我?不要不要,别过来,走开!

有人吗,来人啊,救救我!

啊啊,好烫,好痛,好烫,好痛!

你是女鬼也无所谓了,帮我把这石蜡剥下来,再给我点水喝吧!再这么下去,再这么下去,再这么下去,我……

来人啊……

+

"哎?"

好像听到有人在叫自己,加奈子停下筷子。

但店里还是只有她一个客人,吧台里面的店主大叔正一边切葱丝，一边专注地听收音机。

话说这家拉面馆，真是什么时候来都一个样。自己从没见过有别的客人。不过嘛，面煮成这个样子也没办法，无功无过，又没啥特色。如果不是都在同一栋商厦开店，以及随性的店主即便在下午四点这种尴尬的时间来点单也会接单，自己也不会主动想来这家店吃面的。这里该不会今天一整天，就只有我一个客人吧？不会吧。不过，真的有可能。毕竟桌上的辣椒油，跟昨天相比完全没动过。这家店经营成这样，究竟是怎么挣钱的？

现在可不是操心别人的时候，我们沙龙的情况也相当严峻。本来自己受到脱离大型沙龙而自立门户的店主之邀，以店长级待遇来这里上班，可这半年以来，所有光顾的客人都是冲着低价体验套餐来的穷人。那都是一群这辈子就靠着节约和甩卖过活的人，所以不可能在享受完体验套餐后继续成为常客。要是以后一直这样，账簿上的赤字只会越来越大。如果我们沙龙再抓不到优质客户的话……

但是，那些手头有点余钱，会定期前往沙龙的优雅人士们，是不会跑来这种小巷子里的，毕竟这条巷子人送外号"黑钱巷"，就连这栋商厦里都聚集了一堆莫名其妙的金融业者。优雅的办公室女郎或者夫人淑女，会特意到访这种地方吗？

不过，还是有的。世上还是会有一无所知就跑来这种小巷的稚嫩职场女性。福善舍可是个大出版社，她的年收入想必不菲，而且她三十四岁，恰逢不遗余力保养自己的年纪。再加上她还是单身，肯定

人生相谈

有要结婚的念头。不过从她的体型可以看出,她恐怕还没有固定伴侣,但她应该正焦急地等待着命定之人。既然如此,她心中肯定暗藏着还需要给身材塑塑形的愿望。要把她那个体型调整成标准身材……不,完美身材的话,大约需要一年。开销方面,需要大约一百万日元的套餐。最后达成目标时,为了维持这来之不易的身材,又得给她打造一套保养方案。如果能趁机塞点美容、脱毛服务进去就更好了。顺利的话,五年之内或许能从她那里拿下一千万日元。然后再让她介绍点朋友来就更妙了。不,顺利的话,没准还能让她在《潮流女人》上给咱们打打广告呢。

啊,我的时运终于来了。上周去了新宿的那个据说有神力的神社,果然是正确的决定。

因为,不仅仅天上掉下了馅饼,连我的命定之人也跟着一起来了呀!

"大叔,你知道樋口义一吗?"

加奈子向吧台里的店主搭话。

虽然她来光顾过这家店好几次,但还是第一次这样跟店主聊天。店主也愣了愣,一下子露出不知该怎么接话的神情。她憋不住了,加奈子实在太想和别人说说这件事了,多巴胺早已涨满她的大脑,仿佛下一秒就要从耳孔里奔流而出。

"就是樋口义一呀,一名小说家。你不知道?"

店主用菜刀柄挠了挠白发,苦笑着回答:"不认识……"

"那下次我借你他的书。超好看的,你一定要看看。"

"不是……我对小说比较……"

"绝对好看的,我保证。"

"不……"

"樋口义一绝对会成为大作家。你还是趁现在赶快看看他的书比较好,这样就可以跟别人炫耀,说你在他出名之前就读过他的作品了!"

"会吗?"

"会的,所以,你看看吧。明天我会带书过来的。"

"那多谢你喽。"

"我第一次读到樋口义一的小说时,怎么说呢,就好像有一道闪电劈中我的心一样!"

"闪电?"

"对。其实想想,那也是命中注定。其实我以前也不怎么看小说的。但是半年前,我为了买我们沙龙休息区里摆的杂志,正好去了一趟书店。当时不知道什么力量在引导着我,让我走到小说区,回过神来就翻开那本小说了。我当时看的就是樋口义一的小说,看到封面勒口上印的作者近照,闪电就噼啪噼啪劈下来啦!"

"噼啪噼啪?"

"对。当时,好像有个声音在对我说,这就是我命中注定的人。我要跟这个人结婚的。"

人生相谈

"那真是,那真是……"

"于是我买了那本小说,马上翻开看了,然后我确定,樋口义一在等我,他在呼唤我!"

"啊?"

"因为,那本小说的女主角,就叫加奈子啊。加奈子,就是我的名字!"

"原来如此。"

"我当时坐立难安,就试着给他写了一封信。"

"粉丝信吗?"

"不是的,我写的是'你的加奈子就在这里,来见我吧'。"

"哦。"

"本来想直接寄到他那里,但我不知道他的收信地址,只好寄到出版社。可我一直没收到回信,我就想,是不是有人要妨碍我们呀?但不论谁来妨碍,我都不会输。然后就在我潜入出版社之前,对方的人主动来找我了。"

"主动来找你?"

"虽然不是我寄信的那家出版社,但是今天,有一个叫'福善舍'的出版社的编辑来我们店里了!"

"哦。"

"我马上就明白,这个人,一定是他派过来的人。"

"哦。"

"然后呢，我现在正在用最高级别的礼仪招待她。"

"招待？"

"之前，你不是给了我一些'匹格精油'吗？"

"'匹格精油'？啊，你是说猪油吧。"

"那个效果很好，我可以再要一些吗？"

"嗯，当然可以啊，毕竟是要扔掉的东西，我还多谢你帮忙呢。不过，那些油你要拿来做什么啊？"

"猪……不是，'匹格精油'的保湿效果很好嘛，可以让皮肤变得很滋润，还有解毒的效果，所以很适合排毒。这种精油，中药里面也会用，所以很受欢迎的。"

"就算你说什么精油，可是……那是废油啊！"

"就算是，也的确是猪身上的油呀。没问题的，我看客人也挺开心。"

"那就好。啊，欢迎光临。"

店主的目光一下子扫往加奈子身后。

看来，有客人来了。

加奈子摆正姿势，重新拿起筷子。

唉，我真是的，兴奋过度，连不该说的话都说了。可我实在想把这份喜悦分享给别人。只要愿意听，不管对方是地藏菩萨还是路边的石头我都不介意。如此至高的喜悦，我自己一个人怎么处理得了呀？因为，我可是终于要见到樋口义一，见到我命中注定的人了！

人生相谈

"啊,加奈子,你在这里啊。"

忽然有人叫她,加奈子猛然回过神。

"啊,北上姐。"

叫住她的人,是负责前台接待的小时工。

"讨厌啦,北上姐,你怎么来这里了?"

"已经过四点半了,我准备回家了,但是又有点饿,所以想来吃碗拉面……我本来还以为,你肯定在沙龙按摩室里呢。"

"我不是跟你打了招呼,说我要去吃饭吗?"

"是吗?我没听见呀。"

"啊?那客人呢?佐野山小姐呢?"

"什么?那个人,还在店里吗?我以为她早就回去了呢。"

"她还在里面做蜡疗呀。"

"真的吗?我完全没发现。"

"那现在沙龙里只有佐野山小姐一个人了?"

"看来是呢。"

"啊呀,不好了!"

就在加奈子慌忙想要站起身来的瞬间,"对了,加奈子,我看你今天心情特别好,遇到什么好事了吗?"

"啊?"

"怎么说呢,你简直就像恋爱中的少女一样活泼哦。"

"咦,不会吧,我看起来是这样吗?"

加奈子立刻坐了回去，然后就像青春小女生一样，手舞足蹈地再次开始讲述。

　　"跟你说哦，我终于要见到自己命中注定的人了！"

　　"咦！什么情况，快讲讲！"

　　"所以说啊……"

人生相谈

回复满是伤痕的萝拉：

总之，请您先冷静，做个深呼吸，然后尝试让自己冷静下来，好吗？

您一旦冷静下来，就会发现自己所说的内容是多么荒唐。对偶像明星或著名人物抱有单方面的恋爱感情并不是坏事，也并不罕见，更有"恋爱就是一种病"的说法。因此，人有时候恐怕就是会抱有这种奇怪的妄想，但如果它越过了某个界限，就可能会发展成案件。最坏的情况，可能还不得不请医院关照一番呢。

总之，您先冷静。

然后，请试着仔细思考一下您自己的立场。以您的身份，当下真正不得不做的一件事应该是什么？

您是不是忘记了一件非常非常重要的事呢？

我户头的钱被人取走了

人生相谈

我户头的钱被人取走了

我今年四十三岁,是住在东京都内的全职主妇。

且说,我有大概一千五百万日元的储蓄。三年前家父去世,这里面一部分是家父的遗产,一部分是婚前就已到期的定期存款,还有婚前工作单位发放给我的离职补贴。为了有紧急情况时能够立刻取用,我存的是活期。顺便强调一下,这笔钱是我的个人资产,并不是婚后夫妻共同取得的财产。

但是前几天,我查询余额时发现这笔钱被人取走了。看样子,是我丈夫擅自取走的。

这是否构成盗窃罪呢?如果是,那么我去报警的话,能把钱要回来吗?这件事令我非常气愤。

(红翼夫人)

回复红翼夫人：

我对您的遭遇深表同情。这件事的确非常令人气愤。我先从法律角度为您说明。

盗窃罪——
第235条，窃取他人财物者，犯盗窃罪，处十年以下有期徒刑，或五十万日元以下罚金。

原本您所说的情况是适用上述法条的，但是，存在以下特例：

亲属间作案的特例——
第244条，配偶、直系血亲或者同居的亲属之间，犯235条之罪、第235条之二之罪或犯罪未遂的，免除处罚。

也就是说，如果是在夫妻、亲子之间发生犯罪或犯罪未遂，就会免除对方的处罚。因此，您恐怕很难拿回您的钱。

按照日本目前的法律，在家庭中发生的案件，只会在家庭范围内自行解决。

您再耿耿于怀也无济于事，先尝试与您的丈夫好好谈谈如何？

人生相谈

1

咦？那个人，我好像在哪儿见过。

福善舍文艺编辑部的冈部康，在西新宿帕拉佐公寓的门厅里停下脚步。

那个正专心跟礼宾员说话的女人……自己绝对在哪儿见过，而且就是最近才见过的，但也没有近到这两天，是一个月前？还是半年前？

冈部大为恼火，都已经回忆到这个地步了，就是想不起来！真难受！

啊，不对，现在不是在这心烦意乱的时候。冈部看看手上的表，但那并不是他珍藏的那块劳力士，而是国产的便宜手表。在跟地位较高的人见面时，他一定会戴这块表。而劳力士，只有在见地位低于自己，或者与自己旗鼓相当的对象时才会戴。也就是说，它是震慑对方的武器。冈部自己也挺讨厌这习惯，年轻时他还一度看不起会这么做的大人，但一到这个年纪，就会自然而然这么干。

要戴劳力士还是国产表？今天早上的冈部，为这个问题烦恼了十五分钟。

会这么说，是因为他接下来要见的人原本不如自己，但是如今，对方已经变成冈部要抬头仰视的巨人了，而且几乎多亏了那巨人的威光，才有冈部的今天。他也可以老老实实跪伏在对方脚下，但心中所谓男人的自尊总是莫名躁动。这种时候，冈部总会默念："武藏野宽治，是我一手栽培出来的。"

眼下这一刻，这句话也在冈部的喉头深处涌动，但他今天必须牢牢封印它。当着本人的面脱口而出会有什么下场，冈部自己也很清楚。今天这次会面，马屁必须拍到底。他要扼杀真心，彻底成为一个阿谀奉承的吹鼓手，毕竟，对方可是好不容易才同意见他的啊。

冈部所在的福善舍与对方的往来已经被禁止将近七年了。因为一点业务上的小小差错，武藏野宽治长年以来对福善舍表示拒绝。这一局面在上周被打破，是武藏野宽治主动打来电话点名找冈部的，而且他还说："您对描写失踪女性的小说感兴趣吗？"

冈部没能立刻反应过来他在说什么。

"如果您感兴趣，可以来我家一趟吗？我想和您开会讨论一下。"

话说到这儿，冈部才终于听懂。

"武藏野宽治要在咱们这儿出小说了！"

冈部忘我地大喊道。回过神来，部长连带整个编辑部的人已经把他团团围在中间。广告部、宣传部的家伙也不知什么时候都跑来了。

"好，现在就开始预热吧！"

"可以开始谈电影化了。"

"不，还是拍成长篇连续剧，书可以卖久一些！"

整个办公室好不热闹。

人生相谈

毕竟，"武藏野宽治"可是个响当当的名号。尽管没有巅峰时期的盛况，但他上个月的新书据说也卖到首印二十万册。尽管写的是个主角跟一位咸猪手流氓一起卖蠢的搞怪故事，但销量似乎还行。

对于业绩连年不尽如人意的福善舍文艺编辑部而言，这会是一本许久不见的畅销书。虽然还没开卖就说畅销有点奇怪，可光凭"武藏野宽治的新书"这点，大卖就板上钉钉了。光靠名头就能预估这么高销量的作家全日本都找不出几个。即便在这些人之中，武藏野宽治也是金字塔的顶端。

于是，到了今天。

冈部肩负着全福善舍员工的期望来到这里。武藏野宽治的事务所兼书房，就位于这栋高层公寓的顶楼。

冈部用力紧了紧领带，走向礼宾台，然后他抓住其中长得最漂亮的一位接待员，说："我找5404号房的武藏野宽治先生。"

+

"哎呀，您这房子真是太气派了！看看这绝世美景！天空树……连东京湾都能看到！真是全景视野，尽享风光啊！"

被领进房间的冈部，开口就是一顿猛夸。

不，他并不是客套。这房子真的很厉害，恐怕是这栋高级公寓之中定价最贵的一档。如果用租的，一个月最起码也要付二百一十万日元。昨天网上查到的资料就是这么说的，而且不是什么秘密，只要输入这栋大楼的名字，在空房页面里就能看到相当详细的信息，方便过头了，冈部其实觉得有点可怕。虽然他纯粹以八卦心态都能查到确实很便利，但反过来讲，他自己住的公寓规格，也会轻而易举地暴露给他人。

冈部住的公寓在赤羽，是他十年前以五千万日元买下的。八十平方米，三室一厅。从前，他在网上随便搜到几家出租信息，其中与自己家同等规格的房子，月租要价二十万日元。二十万日元？二十万日元啊，那还蛮贵的，去年的冈部还曾自豪地摸摸下巴如此想道。近来工作疲于奔命，还常常遭到下属鄙视，是这二十万日元带来的自负托住了他将近崩溃的心。不准小看我，我住的房子租金要价二十万日元，这可是我的价值！

而二百一十万日元，比那个价格高出十倍。

冈部踏入的这栋房子，正是一个截然不同的世界。相比之下，他所骄傲的自宅简直就是兔子窝，区区二十万日元，顿时变得一文不值。

冈部觉得，自己好像听到了"吧唧"一声。

恐怕，那是他的心被压垮的声音。

"多少年没见了？冈部先生。"

武藏野宽治在沙发旁，请他先坐。

这沙发，我在电视剧里看过，剧中的大富豪家就有一套。自己出

人生相谈

于好奇上网一查，要价两千万日元。为了一个沙发花两千万日元的富豪肯定是傻子。没错，就是傻子。冈部记得，他曾跟单位里兼职的小丫头大谈这件事，还抓着人家问："你也觉得挺蠢吧？"

而眼前这个，就是那种沙发。

啊，这沙发的确厉害，比在电视里看见的还要厉害几十倍。厉害到冈部的脑子里除了厉害，再找不出别的形容词。

"来，冈部先生，请坐吧。"

武藏野宽治又一次催促。

"那打扰了……"冈部有些拘谨地坐了下来。

这是何等舒适！这是何等……

就在此时，一个毛茸茸的东西直朝冈部冲来。

"噫！"冈部惊得一跳，那毛茸茸的物体却以目不暇接之势滑进冈部的腰和沙发之间的空隙。

啥玩意？

"啊，歌右卫门，不可以，这位是客人！"

歌右卫门？

仔细一看，那是只雍容华贵的猫。它披着一身油光水滑的毛，得意扬扬地趴在那儿。

"不好意思啊，它很喜欢那个地方。我总是对它说，沙发正中央是客人的座位，所以不能这样，但是它完全不听我的话。不好意思，您不介意的话，请坐在它旁边吧。"

为了避开歌右卫门的领地，冈部只好占据沙发的角落。

"话又说回来，咱们多少年没见了？"

武藏野宽治拿来两瓶矿泉水放在桌子上，同时还重复着刚才的提问。这张桌子看起来也挺贵的，既然沙发要两千万日元，这桌子，怎么也得五百万日元吧？不，可能更贵。然而对方拿来的饮料，却是随处可见的便利店货。

这位武藏野宽治本人穿的衣服，看起来也并不奢侈。甚至是很常见的运动品牌，而且是相当平民的运动服和运动裤。

"冈部先生，您怎么了？"

武藏野宽治疑惑地看着自己。他的眼镜恐怕也不是高级货，甚至好像戴的还是十三年前的那个牌子？

十三年前，冈部第一次像今天这样面对武藏野宽治时，对方也戴的这种眼镜。那眼镜来自不论哪条街上都好像会有一家的平民眼镜店，而且恐怕是其中最便宜的一款。掉漆严重的镜框斑斑驳驳，镜腿还歪七扭八。恐怕是戴眼镜的人想要调整角度，自己掰过几次，眼镜的尺寸明显跟佩戴者的脸不合。

当然不可能还是十三年前那一副，但它的形状和质感，都和那时是同一档次。

看来，这个人基本上没怎么变。

懂了，那么这套房子，还有房里的摆设，肯定都是他妻子的品位。武藏野宽治夫人，原本是银座的女销售啊。

人生相谈

"七年不见了。"

冈部终于回答了武藏野宽治的问题。

"第一次见您是十三年前,最后一次见您,则是七年前。"

"这样啊,七年了,都这么久了……"

"当时真是给老师您添了很大的麻烦。"

福善舍曾经因为一点流程上的差错,弄错了再版通知的册数。从那以后,武藏野宽治便跟福善舍断绝关系。首先自己必须代表福善舍为这件事道歉。冈部做好下跪磕头的准备,站起来。

"没事,那件事,已经没关系了。"

武藏野宽治面容平和地回答。

"我其实也不是特别在乎。"

"实在惭愧!"

"今天我请您来,是想问您一件事。"

"好的!"

冈部又打算站起来。这么唐突,这就要开始谈稿子了吗?

"冈部先生,我听说,您在文化中心担任小说讲座的讲师。"

"啊?"

这个出乎意料的问题,让冈部的大脑瞬间一片空白。为了今天这次会面,他不知模拟了多少可能的情境。武藏野宽治可能会问什么,事情可能会怎样发展,冈部预想了好几种剧本,并事先准备好了相应的资料和回答。只要事情的发展在剧本范围内,他都有信心完美应对，可一旦不照剧本来，他就没自信了。冈部很不擅长临场发挥。

"小说讲座？"

冈部的声音变了调。

"嗯，我以前住在那附近。其实，我也去那个小说讲座听过课。"

"那真是巧了，巧了。"本该还有更好的回应，冈部却只说得出这些话。

"当然，这是出道之前的事了。冈部先生，您是从几时开始任职的？"

"啊，我吗？我……"

呃，我从什么时候开始当讲师的？好像是因为前一个打工仔被调走了，需要人接手工作，所以找上了我。我本来想推掉，但听说给的待遇还蛮不错，就应下来了。那好像是在……

"三年前。"

"这样啊，那就还没多久。那您多半不认识川口寿寿子女士了。"

川口寿寿子？谁啊？

"她是大洋报社文化部的，以前也去小说讲座当过客座讲师。因为这段缘分，我才得到给《大洋新闻》的人生相谈栏目'万能咨询室'写回答的机会——"

"这样啊，相谈栏目……"

"川口寿寿子女士对我来说就像恩人一样。可以说多亏有她，才有今天的我。"不知是不是错觉，武藏野宽治好像离自己越来越近。

人生相谈

"我几乎是她一手栽培出来的啊。"

"啊,这样。"

"是的,如果说有谁栽培了我,那也是川口寿寿子女士,而不是别人。"

不,不是错觉。武藏野宽治的身体的确朝着冈部压了过来,脸都快凑到面前了。

冈部也不能移开目光,只好像被蛇盯上的青蛙一样,全身绷得紧紧的,不敢动弹。

"这位川口寿寿子女士怎么了?"

冈部浑身僵硬地问。

"她失踪了。"

"啊?"

"警方也确认了她失踪,所以在法律上,她已经死了。"

"死了?"

"但我觉得,她可能还在什么地方活着。"

"您为什么会这么想呢?"

"因为我看见过她,就在那个小镇。"

"那个小镇是指?"

"就是文化中心所在的那个小镇。"

"哦哦,那个小镇。"

"没错,那是二十年前,一九九四年的事,发生在巴士站附近的电话亭里。不过那个小镇真是一点都没变，电话亭都还是老样子。"

"老师，您最近去过那里吗？"

"嗯，上周去了一趟。我准备下周再去。"

"下周还去？"

"下周去的时候，我希望您能陪同。"

"好的，那自然没问题！"冈部立刻站起来。"您想去的话，天涯海角我都会奉陪的！"

就在冈部打算像个小伙计一样低头行礼时，余光被某种花里胡哨的粉色反射光挡住。他转动眼珠去瞧，只见一个什么东西垂在客厅深处的厨房吧台上。

2

"哟，回来啦。"

妻子也不知是不是正在整理储藏室，手上挥舞着尼龙绳和剪刀，"啪嗒啪嗒"地跑进客厅。

"怎么了这是？今天这么早。"

她每句话都带着刺。冈部总觉得那些刺上涂着"你这家伙竟敢偷我私房钱"的谩骂，于是今天也没敢直视妻子的眼睛。

冈部发现妻子的秘密资产是在一年前。他在储藏室里找书，却找到一本陌生的存折。他一下子反应过来，这肯定就是所谓的私房钱，

人生相谈

翻开一看，里面写着余额一千五百万日元。

"这什么啊！"

他眼前一片空白，险些昏倒。

这女人，天天叫我节约、节约，年年克扣我的零用钱，结果自己背地里存了这么多钱！老子挣的钱全被她扒走了！怪不得这婆娘最近那么嚣张，她肯定仗着有这笔私房钱，自以为随时可以离婚吧！这么说来，她手上好像是有份离婚协议，之前吵架的时候她就提过。

"混账东西！"

冈部气得浑身发抖，拿走存折和印章，第二天直奔银行。钱当然不可能全让冈部取出来，总之他先取了三百万试试，然后他拿着钱，直接前往新宿的百货商店。他早就想要一块劳力士手表了，先买它一对，男款当然自己戴，女款嘛，就送给中意的卖酒女郎喽。

但是，冈部也有点心虚。

有时候想到被妻子发现的下场，他会睡不着觉。自己好不容易买了块劳力士，都不能堂堂正正地戴在手上。冈部只能把那块劳力士深深压在包底下，那仿佛是从店里偷来的赃物。每次妻子一说什么"劳"开头的词，冈部就心跳如擂鼓，浑身冒冷汗。

这好似逃犯的生活持续了一年。妻子好像还没发现她户头的钱少了。不，没准她早就发现了，只是想瞧瞧我每天担惊受怕的蠢样，等享受够了再伺机报复，比如报警什么的。

但是，我好歹也查过，夫妻之间盗窃是不算偷的，网上的法律事典就这么写着呢。

所以不论老婆怎么报警，法律都不会治我的罪！

再说了，那本来就是老子的钱。

"哎。"妻子拍了拍冈部的肩膀，"劳……"

冈部浑身瞬间像碰到天敌的海参一样僵硬起来。劳？难道她发现了？到底还是被她发现了？

"老公，我挂了暖帘……"

哦，原来不是"劳"，她只是在叫自己"老公"而已。吓老子一跳，这婆娘。

"暖帘怎么了？"

"好像如果在厨房挂上粉红色的暖帘，愿望就会实现哦。"

这么说来，最近妻子很沉迷占卜。冈部看了看客厅里的杂志架。那里头塞满了占卜相关的书籍。

"啊。"

他盯着封面看，那是妻子格外沉迷的一位占卜师写的书。一个梳着巫女头的中年女人在封面上笑得很灿烂。

"就是这女人！"

冈部大叫起来，自己刚刚在武藏野宽治的公寓前台看到的，就是这个女人！

"怎么了，老公？"

"我刚刚碰见这个人了。"

人生相谈

冈部这么一说，妻子两眼放光。

"你见到咲耶老师了？难道，你们出版社下次要跟咲耶老师合作？"

"不是，只是碰巧看到她。"

"什么嘛……"

"不过，下次我们会跟武藏野宽治合作哦。"

"武藏野宽治？"

"对，下周，我要跟他一块去取材。"

"哦。"

"那可是武藏野宽治啊！"

"我知道啊，武藏野宽治，不就是你一手栽培出来的那个作家吗？"

妻子冷淡地抛下这句话，背过身去。

3

这都是啥啊？

这垃圾屋怎么回事！还有这味儿！

冈部实在忍不住，用手帕捂着鼻子。

门口的名牌上没什么信息。不，好像隐约能看出几个字——原田和子？

呜……

恶臭掠过鼻腔,冈部把脸上的手帕摁得更紧。

话又说回来,他来这里到底要办什么事?

冈部瞄了一眼站在身边的武藏野宽治的侧脸。

无法从对方的表情里读出任何信息。

倒不如说,冈部完全搞不懂对方到底在想什么。

今天一整天,自己都陪着对方四处游逛。然而,冈部丝毫参不透他们这趟旅途究竟去往何方,虽然应该是为了给小说取材。

"不知道里面有没有住人呢?"

冈部耐不住沉默,先提出了疑问。

"我想,多半有吧。"

时隔一个钟头,武藏野宽治终于出声了。这让冈部的紧张稍稍缓和了一些。

"因为,你看,自行车很新,对吧?报纸箱里也有报纸。啊,是《大洋报》。"

"真的欸。"

"不知道水表还在运作吗?"

武藏野宽治说着,轻车熟路地拐进后院。

"老师,擅闯民宅不太好吧……"

但对方好像没有听到冈部说的话。武藏野宽治拨开垃圾堆,大步往里走。

人生相谈

"啊,水表也在运作。不会错的,这里肯定住了人。"

追着武藏野宽治来到后院的冈部,这回实在没忍住,被臭得大声干呕。一旦开了头就停不下来了,正当他扯着嗓子大呕特呕时,不知从哪劈头盖脸砸下一声尖叫:"谁啊?!"

垃圾山的另一边好像有个人影。

"您是这家的住户吗?"

武藏野宽治询问对方。

"别瞎说,我怎么可能住这么个垃圾屋!请不要乱说这种恶心话,小心我去法院告你诽谤!"

垃圾山另一边的人强烈抗议,恐怕是觉得名誉受到了严重诋毁。随后,声音的主人步履匆忙,"嗒嗒嗒"地向冈部两人跑来。

"我是隔壁的邻居!"

这位初老的女性喘着粗气说道。

"这垃圾屋可给我家添了不少麻烦!对了,你们是谁啊?市里派来的,还是认识这家人?不管你们是谁,拜托想想办法!这么多垃圾,我已经忍到极限了!"

女性瞅准时机,吐出一大堆抱怨。

武藏野宽治原本呆呆地听着她说话,却非常唐突地"啊"了一声。

"你是不是榎本大姐啊?"

"啊?"

原本咄咄逼人的女性停了下来。

"呃……对,我是榎本没错。"

"啊,果然是榎本大姐!好怀念啊。是我呀,我!在饼干厂里,跟你一起打工的野山,野山宽治呀!"

+

"哎呀,真是不敢相信!没想到当年的野山小弟,居然是大作家武藏野宽治!"

"武藏野是我的笔名啦。"

"是吗?不过你现在真是威风了不少。要是在街上碰见,我还真不一定认得你呢!"

"榎本大姐倒是一点没变啊。"

"讨厌,我都是个老太婆喽。不过,我年轻的时候就长得挺着急啦。"

冈部和武藏野宽治被招待进垃圾屋隔壁的人家。一开始冈部完全搞不清楚状况,但大约十分钟后,他也多少掌握了一点两人的关系。

看来,武藏野宽治跟这位榎本大姐,曾经在同一家点心工厂打过工。

"那份工作呀,真是累死人!"榎本大姐给所有人上完茶,自己也砰的一声重重坐在沙发上。

"那家点心厂建起来的时候,他们的人在这一带到处发传单招

人生相谈

工。当时瞧着能选排班,待遇也挺不错,所以这附近的太太都约好了,一块去应聘呢。"

"我当时住的出租房的信箱里,也有他们的传单。"

"那工厂一开始好像收了五十个人,但是留到最后的,顶多也就十个吧?"

"是呢。"

"那活儿真的不好干,大家该跑的都跑了。虽说那里是做饼干的,还以为厂里头能更花哨一点……自打干了那活儿以后,我就不爱吃烤点心了。"

"其实,我也是。"

"就连闻到那味儿我都受不了,就是那股甜腻腻的味儿。偶尔闻一下还好,可要是一直闻,我就会想尖叫——别再让我闻那个味儿啦!"

"感觉全身都被熏得甜腻腻的……"

"就是说呀!真受不了!"

嘴上这么说,榎本大姐看起来却挺开心。相比快乐的回忆,她诉起苦来反而更津津乐道,也不知这是种什么心态。

"不过说这说那的,前不久,我都还在那儿干活呢,毕竟这房子有贷款要还,虽说还到去年,总算是还完啦。"

"那恭喜你啊。"

"但是,我已经想搬家了。真是……"

"难道是因为隔壁那户？"

"没错，就是隔壁那垃圾屋！都怪他们，我都快得精神病了！"

"隔壁家那样大概有多久了？"

"多久来着？好像反应过来就成那样了。以前可不是，以前隔壁挺好的，但是后来他家女儿出嫁，当妈的又过世……"

"所以，现在家里只有儿子一个人住，那他家儿子现在在做什么？"

"班他好像还是上的。我早上经常看见他骑着自行车出去，不过上的什么班就不清楚了。"

"啊，但是，今天自行车停在家里吧？"

"他最近好像不大爱出去上班，可现在也快到出门的时间了，大概吧。"

榎本大姐拉开落地窗的蕾丝窗帘。"瞧，我说的对吧，他正好要出去。"

隔壁家的情况可以从这个窗子看得一清二楚，不过视野的大部分都是废品……或者说垃圾堆。透过垃圾堆之间的缝隙，能看到一个男人正在锁门。

"哪怕是在不去上班的日子，到傍晚他也一定会出门。"榎本大姐没好气地说。

"去哪儿呢？"

"好像是车站附近的夜总会吧。那小伙子可沉迷了，每天都去。"

人生相谈

车站的夜总会？

你是说那家夜总会吗？

冈部仔细看了看那个伸腿正要跨上自行车的男人。

咦？这男的……

好像在哪儿见过。

蓝色的格子衬衫，还有那头蓬松的乱发。

对了，就是那个送花音柏金包的男人。前几天他送了花音一个价值一千万日元的爱马仕柏金包，一下子拔高了他在花音心中的地位。在那之前都会说"我有点受不了那个人耶"的花音，从那以后便整天黏着此人不放。

"隔壁这小伙子最近很威风。"

榎本大姐用力拉上蕾丝窗帘，说。

"这么说来，从前隔壁家的老太太还活着的时候，说过这么句话——住在这里的某个人，终有一天会变成大富豪。"

"大富豪？"冈部的身体自然做出反应。

"好像是找人算出来的，听说是报社的人。"

"报社的人？"这次换武藏野宽治打了个激灵。

"你们说，占卜这东西，真的准吗？"

榎本大姐说道。她眼神空洞，仿佛望着远方。

"是这样，我这人还挺务实的，不怎么信占卜那些东西。不过……"也不知她是什么意思，榎本大姐轻轻叹了口气，然后她目光游移片刻，忽地清醒过来，接着说，"说到占卜，住在附近的太太最近好像也迷上什么占卜。然后她女儿……貌似是在东京做礼……呃……礼什么员的工作吧，那小姑娘长得挺漂亮的，但是怎么说呢，不太会撒娇，性格又强势，照这么下去想出嫁可有的等。本来是这样，她前段时间总算交了个男朋友。然后，本来是打算明年结婚的，可隔壁太太忽然说这婚事不吉利，说那两个年轻人根本不相配，连她老公也这么说。不过嘛，那女婿确实不是好人选，听说他前不久在公司闹出事来，被贬到乡下小地方去了。反正，那女婿本来就是用什么婚介网站找到的人，那家太太一开始就不太看好啦。"

她到底在说什么啊？就是因为这个，自己平时才不爱听这些大婶儿说话。话题到处乱跑，现在压根不知道该怎么接了，但武藏野宽治却频频点头，听得很认真，而且他还——

"原来如此。你说的那位邻居太太，没准是看不上这个女婿，所以想拿占卜当借口，让女儿慎重考虑呢。"

还给出简直像人生相谈一样的回答。哦对，武藏野宽治的确给"万能咨询室"写过回复啊。

"对了，安田大姐后来怎么样了？"

"安田大姐？还是没有进展。真不知她跑哪儿去了。我猜她可能在外面有男人了吧。不过最惨的还是被她抛下的家里人，她那个女儿啊，后来彻底堕落——"

这次又聊到哪儿去了？唉，真是没完没了。冈部拼命忍住一个

人生相谈

哈欠。

然而——

"那么，冈部先生，咱们也去看看如何？"

武藏野宽治忽然站了起来。

"啊？"

冈部也慌忙起身："去哪里？"

"就是车站的那家夜总会啊。"

4

"不会吧？这位先生就是武藏野宽治老师？"

店里的气氛陡然转变。

与此同时，本来像苍蝇一样围着柏金男打转的年轻女孩们，纷纷扭头朝着这边迁徙。

"闪亮甜心"夜总会。

冈部骄傲地给在场者介绍自己领来的男人。

"这位就是眼下全日本最火爆的作家，武藏野宽治老师！"

"呀！老师的所有作品我都看了呢！"噘着鸭子唇高声叫喊的人，是这家店的第一女销售花音。

"小花音，你不管那个客人啦？"

听冈部这么一问，花音回答道："没关系，没关系。他那个人呀，就喜欢一个人喝酒。"

花音刻意摆了摆手，手腕上戴的是劳力士手表，是我送她的。怎么样，厉害吧！虽然并没有要跟任何人炫耀，冈部还是兀自满足地笑了笑。那表可是花了老子一百二十万日元啊，整整一百二十万日元！

但是，柏金包要一千万日元呢。冈部看了一眼那个坐在对面，毫无气势的男人。不论怎么打量这家伙，都觉得他没神气，仿佛被穷神附体一样，看起来潦倒得很，而且还住在那样一栋垃圾屋里。为什么这个人，能买得起要价一千万日元的柏金包？他哪来那么大的实力？

"武藏野老师，人家的名字叫花音！"

说着，花音从她的胸口取出粉红色的名片。

"哦，小花音啊，你是这里的第一吗？"

武藏野宽治一副颇为受用的神情，注视着印在名片上的"第一"字样。

"虽然是别人腾出来的位子啦。"

说这话的人，是这家店年纪最长的女销售直美。直美推开花音，不知什么时候，已经坐镇武藏野宽治身旁了。

"小花音以前是第二，但是本来第一的那个人不做了，所以她就升到第一啰。"

"哦——"

武藏野宽治淡淡地回应。

"以前那位第一很厉害的，名字叫秋奈。她可是让一个客人挪用

人生相谈

了三亿日元的公司资产，全都贡献给她了呢。"

"哦？"

武藏野宽治的眼中带上了好奇之色。

"难道，你说的是那个挪用资金案？"

"您知道吗？"

"我当然知道啦！闹得还挺大的嘛。"

"是的，后来媒体的人天天跑来这里采访，秋奈待得尴尬，就辞职了。"

"那个女孩现在在做什么？"

"我听说，她和小白脸男朋友一起住在西新宿的高级公寓里。"

"哦，西新宿的公寓。不知道是哪里呢？"

武藏野宽治端着杯子陷入遐想……

"会不会是你住的那个公寓啊？"

冈部在此时插嘴。或许酒劲上来了，他的紧张彻底消除，胆子也大了起来。

"哎呀，不过话说回来，你住的那个公寓还真厉害。了不起啊，武藏野老弟。"

就连冈部说话的语气，也不知什么时候变成了与自己同等地位，甚至地位不如自己的人说话的那种。这情况不太妙吧？大脑深处好像有个声音在提醒自己，但冈部停不下来了。今天一整天，他都低声下气、点头哈腰地陪着武藏野宽治。这是何等的屈辱！从前，明明都是他看我的脸色行事!

　　自己第一次见到这个家伙是十三年前。那时他还是个默默无闻的贫穷作家，甚至连个"作家"都还算不上，出道作也没卖几本。第一次见面时，对方的肚子还咕咕地叫呢，所以自己才请他吃了顿烤肉。

　　"以前啊，武藏野老弟可是穷得连家里的自来水费都付不起，差点给强制停水了，而且好像国民健康保险也没钱交，滞纳金都积压了不少呢。所以喽，他就哭着跑来求我能不能预支点稿费帮帮忙。其实呢，只有卖得好的作家才能预支稿费，但是我努力给他通过了书面申请。我可是直接去找财务主管谈的！可以说，多亏了那次我给他预支，才有了今天的武藏野宽治。这还不算，当时我看这武藏野老弟马上要饿死了，请他吃了不少好东西不说，还带他去银座的俱乐部玩。银座那家俱乐部的美女销冠，现在成了他的妻子啦。那可是银座俱乐部的第一哦！那女孩以前可是日本小姐，真正的日本第一大美女啊！多亏有我，这老弟才能娶到那么漂亮的大美女，可是他结婚都没叫我。你们评评理，有这么忘恩负义的人吗？"

　　不行，不行，不能再说下去了。内心隐隐约约能听到这么个声音，但是冈部抓起一大把混合坚果往嘴里一塞，又灌了一口威士忌全冲下肚去。

　　"还不止这事呢，武藏野老弟是被我彻底锻炼出来的。他第一次拿来给我读的原稿，那叫一个没法看！但是里头也有闪光点，所以我才手把手地给他删啊，改啊，花了整整一年，才打磨成能卖出去的稿

人生相谈

子。最后的成品，就是本世纪的最佳畅销书《剁刀下的友谊》了。没错，武藏野宽治，就是我一手栽培出来的啊！"

5

感觉好像捅了个不得了的娄子。

冈部猛地一抬头，又左右晃了晃脑袋。

也不知道自己是怎么回来的。现在，他就躺在家里自己的床上。从窗帘的缝隙间，漏进几丝孱弱的晨光。

看看钟，是早上八点。

什么嘛，还这么早。今天没啥紧急的安排，就跟平常一样，下午再去单位好了。冈部正打算睡个回笼觉，忽然想起今天十点还有个营业会议。没错，那场会议就是武藏野宽治相关项目的开工大会。

他嘴里念叨着"哦，对对对"边从床上爬起来，但是总觉得家里好像和平时不太一样。

对了，这是因为没有妻子的气息。

平时，她总是在家"啪嗒啪嗒"地跑来跑去，全家每个位置都能听到她的拖鞋声，今天却一片寂静。

冈部看看旁边的床，没有人。床单、毛毯，都没有一丝皱褶。

走出卧室，来到客厅，同样没有妻子的踪迹。

厨房、洗脸台、厕所、浴室，还有书房，冈部也都看过了，没人。

奇怪，她这是去哪儿了？

接下来是儿童房。自打女儿上了初中，冈部就没进过这个房间了。也不知张开了什么结界，哪怕他只是站在房门口，也会遭到猛烈抗拒。

"有人在吗？我开门了啊。"

冈部战战兢兢地发问，然后轻轻握住门把，用力一开。

门发出"吱吱吱吱呀"的瘆人声音，缓缓开启。

"你在里面吗？我要进房了，我真的要进去了？"

冈部先透过门缝，看了看里面。

没有任何气息。

那倒也是，这个时间，她要上学的嘛，怎么可能在里头。

冈部松了一口气，一下子推开门。

"怎么回事？"

房间成了一具空壳。桌子、床、书架都没了。女儿很宝贝的那只宠物仓鼠，也跟笼子一起不见了踪迹。

就连窗帘都被摘走了。

"怎么了？怎么了？"

冈部又跑回去，从头检查了一遍客厅、厨房、洗脸台、厕所、浴室还有书房。之前看的时候他没发现，妻子的东西也都不见了。原本被她的个人物品塞得满满当当的衣柜，现在几乎整个都是空的，只有几件冈部自己的西装和大衣孤零零地挂在角落里。

人生相谈

"怎么了？怎么了？怎么回事？"

冈部跑去玄关。

打开鞋柜，唯独妻子和女儿的鞋，消失得一干二净。

家里遭贼了吗？

不，不对。

"怎么了？怎么了？怎么回事？"

他在客厅和厨房之间来回数趟，到了最后才终于发现餐桌上放着一个像是信封的东西。

冈部扑上去。

一定是妻子心血来潮，带着女儿出门旅游了。信封里肯定装着跟他说明情况的信。

冈部怀着这种期待打开信封，但信上写的，是与他的期待完全相反的内容。

离婚协议书，还有一张字迹潦草的纸条。

"我带女儿走了。之后律师应该会联系你，或许警察也会联系你。去跟你那个宝贝小花音打好招呼吧。没错，就是你给她送了手表的那个小花音。"

随机应变，我真的不擅长啊。

冈部想着，远远地望向挂在厨房吧台上摇曳的粉红色暖帘。

回复红翼夫人 续：

　　方才为您说明的是"亲属间作案的特例"的情况。进一步说，亲属间作案只是"免除刑罚"，但罪名本身是成立的。因此，如果受害人提起诉讼，警方就会进行审讯。另外，如果对方有从犯，则这名从犯是适用"盗窃罪"的。

　　也就是说，如果您的丈夫将从您这里偷走的钱赠给第三人，或用那笔钱购买了礼物赠送给此人，该第三人就构成盗窃罪。当然，前提是此人有"主观恶意"。

　　或者，如果您的丈夫以您的名义去银行取钱，那么对银行来说这可能构成诈骗行为，银行方或许也可以起诉您的丈夫。

　　不论如何，一旦做到这一步，两位的夫妻感情就没有任何挽回的余地了。如果可能的话，希望二位可以尽量坐下来好好谈谈，求个平稳的解决办法吧。

占卜这东西准吗?

人生相谈

占卜这东西准吗?

我是一名三十四岁的上班族女性,本来准备明年结婚。

但是,前几天,住在乡下的奶奶打电话给我,对我说了这么一句话。

"你这桩婚事不吉利。结婚的话,夫妻双方都会过上不幸的生活,你还是重新考虑吧。"

好像是住在她家附近的占卜师告诉她的。

据说这位占卜师算得非常准。奶奶从前请她用占卜找到过失物,所以现在完全被那个人迷住了。

母亲一开始还笑奶奶,说这太荒唐,但是渐渐地,她也说"或许你们结婚真的会倒霉",因为,她好像也去百货公司里的占卜摊位让人家算了一下,算出来我和对象八字不合。就连父亲也偷偷上网找人占卜过了,结果是"凶"。

请问,占卜结果有几分是准的呢?

可以的话,我希望能按照原定计划和他结婚,但是我也不想过不幸的生活。

(处女座的少女心)

占卜这东西准吗？

1

写到这里，武藏野宽治的双手慢慢地离开键盘。

累了，他正想去喝杯咖啡，一个人影无声无息地出现在桌边。

"辛苦了，这是香草茶。"

说着，把茶杯和烤点心放在桌上的人，是他的妻子芳美。

空气里，也不知是薄荷的味道还是什么，有一股苦涩的药味，熏得宽治的鼻腔火辣辣的。那些烘焙的点心，也有一股很特殊的香气。

香草茶和烤点心都是妻子做的。她一天中大部分时间都在厨房度过，做饭的手艺媲美专业厨师。在如今这个年代，她竟然还会亲手制作腌菜用的米糠酱缸。只有在洗衣服、打扫卫生的时候，她才会离开厨房。

她正像是一位从书中走出来的贤妻。武藏野宽治常常觉得自己配不上这么一位妻子。同时他也会想：如果自己没有成为作家，还能娶到她做老婆吗？可能性恐怕是零。正因为他成了作家，才会被人领到银座的那家俱乐部去玩，才能与妻子相遇。那么，如果他当初一直默默无闻下去，妻子现在会在做什么呢？结婚时，他的书哪怕有意恭维也绝对称不上畅销，可是她却说："你一定会成功的。我会相信你，会跟着你走的。"

人生相谈

成功？她怎么知道呢？宽治这么问，妻子回答："因为你是升卦相嘛，而且还有'所罗门环'①。"

升卦？所罗门环？

"然后，我身上有保佑生意兴隆的守护神，也就是俗称的'红运女'，所以只要我跟着你，你就一定会成功。"

芳美两眼放光，信心十足地回答。她的自信，到底是从哪儿来的？

宽治很快就发现了答案。

"哎呀，老公，新书要写占卜的故事吗？"

芳美探头来看他的电脑屏幕。

"对。我前几天去取材的时候，听到个有意思的事。我就打算把它写成一个情节。"

"那可不行。"

"哎？"

"我之前不是跟你说了吗？你今年的幸运关键词是'深海鱼'和'蚯蚓'。你得用这两个词写小说。"

宽治的脸一僵。上个月，芳美说自己弄到了高级深海鱼，于是餐桌上就出现了它。那鱼的确很美味，所以宽治老老实实地在妻子的催促下吃了，可第二天就遭了大罪，肛门压根儿锁不紧，害得他一天换了不知多少条内裤。那也是他第一次穿纸尿裤。宽治后来才知道，妻

---

① "升卦相"和"所罗门环"皆为手相术语。——译者注

子拿来的那种鱼叫"油坊主[①]",尽管美味,但吃多了就会有地狱般的体验,是风险很大的鱼。虽说受这个苦总比被塞一嘴蚯蚓好百倍,可是……

"还有,'占卜'也是你的霉运词。贸然写进小说的话,书会完全卖不出去,你甚至还可能付出很大的代价,所以'占卜'是不能写的,绝对不可以。"

"也就是说,占卜跟我合不来喽?"

我都快被你用占卜腌入味了,现在却说我跟它合不来。宽治的嘴巴自然而然地撇成了"八"字。

没错,他的妻子芳美对占卜无比痴迷。不,甚至可以说她占卜成瘾。她用占卜决定生活中的一切,最后竟然连招呼都不跟宽治打就租下这套公寓,告诉他"我已经看好能提升你事业运的房子了,今后你工作的时候就去那里吧",而且,房子里还附带一只猫,好像是因为那年的幸运关键词里有"猫"。这已是两年前的事。

明明目黑区那边自己家的公寓就够用了,却还要租这么一套月租超过两百万日元的工作室。虽然世人都说宽治是畅销书大作家,可就算这样,这套公寓加上目黑的房子每月烧掉将近四百万日元,他觉得还是太恐怖。明明他们夫妻二人没有孩子,花钱的速度却非同小可,

---

[①] 白斑光裸头鱼(Erilepis zonifer),分布于北太平洋日本至美国加州海域。"油坊主"为日语对其的称呼。这种鱼与其他一些被称为"油鱼"的鱼肉富含人体无法吸收的油脂,大量食用会引起腹泻。——译者注

人生相谈

而且开支一年比一年更离谱。那张两千万日元的沙发送到家的时候，宽治吓得两腿发软。上周送来的是一看就很贵的汽车。他平时几乎不开车，这却已经是家里的第四台。我们家的账簿到底是什么情况了？钱的事情宽治一律交给妻子去管。但从去年开始他脑海中终于响起警报：再这样下去是不行的。

脑中的警报一天比一天响。

武藏野宽治注视着茶杯的液体。虽然叫香草茶，可它的颜色却与名字完全相反，简直像巫婆熬出来的毒药。

"这个对身体好。来，趁还没凉，快喝了吧。"

妻子仿佛在安抚一个爱挑食的孩子，拍拍他的肩膀。

每次妻子这么做，宽治就有股无名火。他总有种错觉，仿佛积存在肚子里的淤泥从肚脐渗出来，把他全身都染成漆黑的颜色。

"快，快喝了。点心你也尝尝，来。"

妻子恐怕以为她已经彻底笼络了自己。她想把自己宠上天，包办自己的一切大小事务，把自己调教成离了她就什么都不会干的模样，最终彻底支配自己的一切。这完完全全就是自己母亲的手段。

"你可是我怀胎十月生下来的孩子啊。"

"你知不知道我牺牲了多少才把你养大的？"

母亲总是日日像咒语一样复诵这种强加的恩惠，用柔软无害的棉丝勒住孩子的颈项。在这般母性的影响之下，孩子自然无处可逃，不论多蛮不讲理的命令都只能默默接受。

宽治从前把这种文段写成过小说，就是他的出道作。书中一直反抗母亲的儿子，最后却仿佛被拥入子宫一般接受了一切。尽管社会上有人称赞此书是一本献给天下母亲的赞歌，但不是的。那是描写儿子"放弃"的作品，是一个屈服于掌权者，选择了在其庇护之下浑浑噩噩活下去的男人的故事。宽治怀着自诫之心写下那些文字，也是为了提醒自己不能那样活着。

可现在的自己，却彻头彻尾变成书里那个放弃抵抗的男人了。

哪怕住这么气派的房子，即便编辑们天天围着他拍马屁，不管拿到多高的收入，但实际上，自己不过是个静静地等待死刑执行的囚犯。

行刑人是谁呢？

就是眼前的妻子。

我的命，就握在这个妻子手上，就像曾经母亲对我做的那样，我现在仍然在悬崖边上，等着被她推下去。

"哎，老公……你认识小坂井先生吗？"

妻子忽然问了这么一个问题。

"小坂井？"

"对，他姓小坂井，名叫刚，是个男的。"

绝对不能立刻回答妻子的提问。她所有的问题都暗藏陷阱。从前不是吃过好多次苦头吗？去年她还无中生有怀疑自己搞外遇，闹得人仰马翻。自己不能再重蹈覆辙了。

人生相谈

"不认识啊。"

武藏野宽治端起茶杯,送到嘴边。

2

"冈部先生,您振作点啊。"

佐野山美穗鼓励坐在自己身边,垂头丧气的男人。

为什么明明我才是病人,却要鼓励这个来探望我的家伙?说到底,为什么这家伙每天都要跑来探望我?

美穗一个月前被送来这家医院。她受到自家信箱里的优惠券诱惑,去一家美体沙龙体验服务,却因此吃了大亏。她在浑身涂满石蜡的状态下被丢在房里不管,导致全身严重烧伤。送来医院的时候已经病危了。据说当时家人和医生都以为她会丧命。

"好羡慕你的生命力啊。"

冈部康缓缓抬起沉重的脑袋,说道。

"我已经不行了,好想去死。"

这男的居然在医院说出这种话,还是老样子,没点同理心。如果在单位里,美穗还能随便找借口说要接电话之类的赶紧离他远点,但这里是病房,而且美穗全身都包着绷带,基本只能躺在病床上静养。于是这男的就瞅准了机会,在这儿没完没了地缠着她哭诉。

"唉,我真的是太想死了。"

冈部再次举起双手，深深抱住好不容易抬起来的头。

简而言之，这家伙之所以每天都来这里，只是为了逃避，绝对不是来探病的。说到底，两人在单位里本来就没多亲近，就算是探病，他也并非第一时间赶来。一直到了上个星期，冈部手上才拎着一束供在佛龛前的多头菊，磨磨蹭蹭地出现。从那以后，他就每天都来了。

说实话，他很烦人。同病房的其他患者也投来怪异的目光。昨天自己居然还被隔壁床的年轻女孩调笑，问冈部是不是自己的对象。"才不是呢，是上司而已。"美穗这么回答。结果对方欢叫："呀！办公室外遇啊？"事情还越传越离谱了。

我跟这种男人搞婚外情？要是这谣言传开，美穗才想一头撞死呢。

总之，我得尽快赶他回去。

"您不用上班吗？不是很忙的吗？您都被武藏野老师叫去了……"

啊。说到这里，美穗忽地止住话头。对了，武藏野宽治又给出版社下了休书。这男的从第一天来探病开始，就不知絮叨了这事多久。

"没什么急事。"

冈部还是垂着头，自嘲地回答。

"那不如偶尔早点下班回家……"

啊。美穗又把后面的话咽了回去。对了，冈部的太太带着女儿离家出走了，留下一纸离婚协议。昨天他才悄悄地告诉自己，下个月警察就会开始调解，而且，他中意的那个卖酒女郎好像也讨厌他了。

人生相谈

事业失败，家庭不和，再加上失恋，真是屋漏偏逢连夜雨。不过，美穗也不怎么同情他。恐怕这一切不幸都是冈部自作自受的结果，虽然他本人貌似是一点儿也没察觉。

不，或许正因为他察觉了，才会每天跑来这里露面。美穗也有这种体验，当人生真的到了谷底，而原因又出在自己身上的时候，就会想找个平时并不亲近、抱怨也无所谓的人说个不停，哪怕是陌生人也行，甚至路边的小石子都行，就连墙壁也不妨事，只要是个能吸收自己的抱怨、不会把情绪反弹回来的对象，所以不论是什么世道，占卜师的生意都会很兴隆，人生相谈也从来不见衰败。啊，人生相谈！

美穗一不小心挖出自己烦恼的根源，不禁闷哼一声。

明明樋口义一拜托她收集"万能咨询室"的资料，她却在完成任务之前被送来这儿了。

"樋口老师最近怎么样了？"

听到美穗忽然提问，冈部摆着丑角的面孔傻里傻气地转过头来。

"樋口？"

"对，就是我负责的那位……"

"哦，樋口义一啊。你委托他写书了？"

"是的，他准备写个有惊天大反转的悬疑故事。"

"惊天大反转？就凭他也写得出来？"

冈部傲慢地抱起了胳膊。这家伙向来这个德行，在挖苦那些地位低于自己的人时，他总会一仰脖子，微微勾起右边嘴角，露出讨人嫌的笑容。自己看见他这张得意扬扬的脸就来气。

"对了，樋口义一好像以前是我做讲师的小说讲座的学生。"

"咦？是这样的吗？"

"不，其实我也不知道，是前任讲师前几天告诉我有这事。"

"前任？"

"就是高桥啊，资历比我少五年的那个……三年前调去校阅部了。"

"哦哦，高桥先生。"

那是个得了轻度抑郁，在休职半年之后被调去了校阅部的男人。冈部没跟他说过几句话，但对方的样子自己还记得很清楚。高桥总是弓着背，嘴里一边嘀嘀咕咕，一边跟校样大眼瞪小眼。

"好像是三天前吧……我去跟作家开会，结果在地铁站台上跟他撞个正着。"

+

等等，这人不是高桥吗？

冈部盯着站在身边的男人侧脸看了一会儿。

对，就是高桥。

是不是该叫他一声？

对，应该叫他一声，毕竟人家离得这么近，当作没看到反而不

人生相谈

自然。

但是高桥的目光笔直地朝向前方,似乎丝毫没注意到冈部的存在。那么,自己也当作没看见,就这么混过去吗?不,不管怎么说,他也是曾经在一个部门共过事的人,不理他也未免太冷淡了,而且,小说讲座那份兼职还是对方介绍自己去的,那份工作的薪水,不是帮了自己挺多忙吗?从这方面来说,高桥算是自己的恩人,但是,就算跟对方打了招呼,之后又该说什么好呢?

以某一天为界,高桥变得极端沉默。有时,他甚至一整天不说一句话,只是盯着墙看。这症状现在肯定还有,既然如此,也许当作没看见他,对对方来说更好吧?高桥如果忽然被人搭话,也会不知所措的,一个不好还容易陷入恐慌呢,所以,还是算了吧,可是……

冈部正纠结着,却听到有人轻快地向自己打了招呼:"啊,这不是冈部先生吗!"

抬头一看,高桥正笑容满面地注视着自己。

"噢,噢噢噢!这不是高桥吗,好久不见了。"冈部装作刚刚才发现高桥的样子,尴尬地做出回应。

"冈部先生,您这是要去哪?是要去开会吗?"

"对,开会。"

"您业务还是那么忙。呦,咱们的老大!福善舍的太阳!日本的黎明!"

高桥那尖锐的嗓音,回荡在整个站台里。

这人怎么这么欢快,什么毛病?

冈部环顾四周。其他人假装漠不关心,但很明显都竖起耳朵听着这边的对话。于是冈部动动脚,打算离高桥稍远一点,但高桥立刻跟了过来。

"我这边有点事需要去证实,所以打算去气象厅一趟!"

"证实?气象厅?"

"我现在负责的小说里,有一段提到一九九四年十一月六日的天气,所以我想去确认一下,里面的表述是不是正确的!"

"这、这样……"

"是一位年轻作家的作品啦!据说这小说几乎是那位作家乘兴写出来的!有很多错误的内容!但是,还是很值得去做的!"

"这、这样……"

"我觉得,我很适合校阅这份工作呢。我现在每天都过得很开心!"

"那就好。"

"我还在文艺编辑部的时候,怎么说呢,总觉得浑身上下都有种被一团乱麻裹住的拘束感,但是现在完全自由了!就像变成了鸟儿一样!有一种向着广阔的天空展翅高飞的感觉!"

"那真是……太好了。"

不过,的确,高桥一直是个格外关注细节的男人。就"这一天,东京很热"这么一行简简单单的文字,他都曾经纠结过一整个星期。

人生相谈

由于他没日没夜地缠着作家问诸如"'这一天'是指哪天？""具体来说，是东京的哪个地区？""所谓的热，具体又热到什么程度？"此类的问题，终于把作家惹毛了。这种事发生太多次，作家的投诉蜂拥而至，最终公司只好解除他身上所有的负责人头衔。就是因为这件事，公司才会不由分说让他休职，还把他调到校阅部的。现在看来这一举措卓有成效，正可谓适材适所。可就算这样，冈部也觉得他那句"变成鸟展翅高飞"未免有些太夸张了。

"那个家伙从前就是那样啦！"

高桥的手拿着包大挥特挥，果不其然打到了旁边凶神恶煞的混混，被人家狠狠瞪了一眼，但高桥好像丝毫不在意，冈部只好飞快地低头鞠了三个躬，平息对方的怒火。当事人浑然不觉，兀自说下去："真是的，那家伙总是激情写作，从来顾虑不到细节部分！我以前就一直提醒他，可是都出道了，这个坏习惯还是没有改！"

冈部一边挂心那个仍然瞪着这边的混混，一边回应："'那家伙'是说谁？"

"所以说，就是写我现在负责的那本小说的作家呀！"

"你们认识很久了？"

"是的！我介绍给您的那个小说讲座，他也去听过课。"

"嘿，这样啊，所以，他是谁？"

"樋口义一。"

占卜这东西准吗？

+

"咦，不会吧，什么意思？"美穗叫起来，"樋口老师现在在给哪家写东西？"

"你看，文库编辑部不是做了宣传册吗，月刊的那本。"

"你说《福之书》？"

"对，他好像要给那边写新连载了。"

"真的吗！"美穗一边扭动身子，一边叫得更响亮了，"可是樋口的责编是我啊！是我第一个邀请他的！可是，却根本没人问过我的意见！"

"你都这样了，文库部的负责人想问也没法问吧？"冈部直呼"淡定淡定"，安抚激动的美穗。

"那也不能……"

"樋口老弟也没联系你？"

"哎！"

美穗扭动的身体慢慢回复原状。樋口没给她任何消息，连探病都没有来。

"算了，樋口老弟估计也有顾虑吧，"冈部继续安慰道，"毕竟你很长一段时间谢绝探视嘛，所以我也是，就算想来探视，也犹豫了很久哦。"

人生相谈

"那也只有最开始一个星期谢绝探视啊。后来您也看到了,我被转到大病房,跟普通住院患者一样了。先不说这个,樋口老师好过分……"

美穗总觉得自己遭到严重背叛,浑身发起抖来。虽然她委托的稿子并不是正式的邀请,也无法保证它能够化为现实。因此,樋口会优先去写能兑现的稿件,也可说是人之常情,而且,邀他的还是《福之书》。这本免费配发的宣传册,说起来就像是整个福善舍的颜面,毕竟,《福之书》这个名字的意思,就是"福善舍的书"。能在那上面展开连载,代表樋口身为作家,已经上了一个台阶。

"话又说回来,最先找上樋口老弟的,应该是他们吧?"冈部又昂起下巴,一副深谙内幕的模样。

"啊?"

"你看,《福之书》上的连载不是提早一年就要定人选的吗?怎么想,这次的连载也都是一年前就选好人的吧?"

的确如此。美穗深深把脸埋进枕头。

"但是樋口老师一句都没跟我提过……"

"那你不是被他玩弄了,就是被他利用了吧。"

"玩弄?利用?"

"明眼人都看得出你对樋口老弟有超出工作范围的感情,他本人肯定也感觉到了,所以就把你当成方便的手下,利用你达到他的目的吧?你不是费心费力,帮他收集了不少资料吗?"

"这种事怎么可能……"

"唉，所以说你们女人，"冈部一副"真拿你没办法"的样子耸耸肩，"面对同性的时候那么严厉，也很懂女人心理，可到了异性这边，一下子就让风沙迷住眼喽。"

"什么意思啊？"

"同为男人，我一眼就看出来了，樋口老弟是个吃软饭的面相。没错，就像小白脸一样。"

"吃软饭？小白脸？"

"嗯，这是高桥老弟说的。樋口老弟好像在出道之前，一直在给人当小白脸，他跟一个女的住在一起。"

"小白脸……"

"不过嘛，无论怎样，就目前来说，反正你跟樋口老弟之间还没到那个地步吧？"

"什么啊？"

"所以说，就是'那个'啊，'那个'。"

冈部说这话的语气恶心得令人想吐，美穗心中腾起阵阵杀意。她瞪过去，冈部或许也察觉到她的杀气，一下子从椅子上站起来。

"好，那我先告辞了。"

"啊，"但是，美穗出言挽留，"请问，《福之书》的责编是谁？"

"你指樋口老弟的责编？"

"对。"

人生相谈

"多半是绪方吧?"

"绪方……"

"那,我先告辞喽。"

"啊。"

"所以说,还有什么事啊?"

"他的校样稿,我可以看看吗?"

"校样稿?你说樋口的?"

"对。"

"下下周新一期《福之书》的打样应该就出来了,到时候……"

"不是,我现在就想看。"

"现在?"

"明天也可以。"

"好吧,好吧,我去跟文库部说说,有空给你带份复印件来。"

"真的,拜托您明天拿来吧。我等不了太久,请您直接这样转告绪方。一定要去说啊!"

"好、好吧。我知道了,这次我真走了啊……"

美穗注视着鬼鬼祟祟离开病房的冈部的背影,脑中浮现绪方友惠的面孔。那是个顶着波波头,头发像海苔片一样紧紧贴着脑袋,跟染发和烫发都无缘的女人。她戴一副黑框眼镜,嘴唇上面有一点点胡须,而且穿一身经典的黑色西装衣裤。

绪方友惠,她是美穗的同期。

占卜这东西准吗？

那是个总把"我没什么女人味吧"挂在嘴边，穿一身黑西服，喜欢假装不谙世事的女人。嘴上说自己"没有女人味""不懂时尚""跟恋爱无缘"，但实际上这种女人最会算计。她那么说，是在跟身边的笨女人们划清界限，展示自己与众不同，不会轻易被流行所左右。

她开口先用"我没女人味"主动降低自己的评价，可在同事去喝酒的时候，总会若无其事地帮上司的杯子擦干水珠，就是图男人们一句"平时看不出来，其实绪方很会体贴人嘛"。她嘴上说自己"跟恋爱无缘"，却从不会忘记悄悄跟中意的男性身体接触。还有还有，她嘴上说对时尚打扮没兴趣，可只要有人用镜头对着她，那眼镜绝对不知什么时候就已经摘下了。就连在那种像偷拍一样的随手快照里，她也一定是摘掉眼镜的。这也是为了男人们的一句"哦！你摘了眼镜还挺可爱的嘛。要不换成隐形吧"，瞧瞧这天衣无缝的做派。她平时扮演一个"女人味为零""浑身是破绽""粗枝大叶"的女人，到了紧要关头就最大限度标榜自己"女人"的身份。男人都是傻子，总会轻易被这种反差蒙骗。还有比这种女的更恶劣的人吗？要是自己有儿子，一定要从小婴儿时期就给他灌输观念，教他千万提防穿黑西服黑西裤的女人。万一上了这种女人的当，只会被她黏稠的占有欲牢牢缠住，到死都得处在她的支配之下。没错，这类女人之所以恶劣，就是因为她们的自尊心和占有欲。她们纯粹是为了掩饰她们的自视甚高和心中深不见底的欲望，平时才会演出"粗枝大叶"的样子罢了。

人生相谈

绪方友惠。

这个女的就是"那类"女人的代表。

那个绪方友惠,早就跟樋口老师眉来眼去了?早在一年前?

难道,绪方那家伙对樋口老师……

啊,多半是了。她嘴上说跟恋爱无缘,但自己绝不会放跑抓到的猎物,绪方友惠这女人就是这样。她肯定是想用《福之书》的连载钓樋口上钩,让他对自己言听计从。

何等肮脏的手段。

我饶不了她。

"您没事吧?"隔壁床的女孩子担忧地问她,"我看您的脸涨得通红,是身体不舒服吗?"

"没有,不是的,我没事。"

嘴上这么说,美穗的身体却阵阵颤抖。

她紧紧地握住了拳头,指甲都深深嵌进肉里去了。

3

"什么?樋口老师的校样稿复印件?"

绪方友惠抬起头。

"嗯,不好意思,能给我复印一份吗?"

说这话的人,是文艺编辑部的冈部。文艺编辑部和文库编辑部在同一楼层，房间毗邻，但友惠没怎么跟这个男人说过话，因为两人在工作上几乎没有来往。不过冈部这个人嗓门很大，所以哪怕不乐意，也会被迫认识到他的存在。

"樋口老师的校样稿的复印件？为什么要这个？"

"是我部门的佐野山美穗想……"

"哦，佐野山小姐。"友惠的下眼皮挑了挑，"她现在在住院吧？她还好吗？"

"嗯，活蹦乱跳的。"

"那么，佐野山小姐为什么想要樋口老师的校样稿复印件？"

"佐野山好像之前请樋口老弟写过稿子。"

"啊，这样啊？"

"对。然后，她很好奇樋口给《福之书》写的东西，说想看看。"

"啊，是这样。那等到样刊出来……"

"不是，她说马上就想看。不好意思，明天中午之前复印一份给我，可以吧？"

冈部单方面丢下这句话，然后就偷偷摸摸地回自己部门去了。

友惠确认冈部消失在视野范围后，轻声咒骂一句："真是离谱！你是不是傻啊？"

没长眼睛吗？看不出来我们在拼死拼活赶终校吗？

她狠狠地用红笔去戳手上的校样稿。

校样稿上那幅蝎子的插图，眼见着越来越红。

人生相谈

　　那是占卜栏目的校样稿。这个题为《加内特·咲耶的恋爱星座》的栏目相当受欢迎，除了常见的十二星座占卜，还会刊登一些短篇随笔。虽然各个星座的占卜文章出自写手之手，但随笔是加内特·咲耶本人亲自执笔。社里还有个企划，是把这些随笔收集起来出一本文库本。但友惠对此并不是特别积极。占卜不过是笨女人们的娱乐。说到底，当初开这个占卜栏目的时候她就是反对的。《福之书》虽说是宣传册，但好歹也是正儿八经的文艺杂志，干吗要以时尚杂志的调调，登什么占卜文章啊？

　　但是友惠能理解加内特·咲耶老师为何受欢迎。老师的随笔写得很有意思。友惠读过以后，甚至也生出"不如让这个人给自己算算看"的想法。这次要登的随笔的稿子还没到，但今天傍晚应该会送到的。嘴上说这说那，但友惠每个月还是很期待能读到随笔，就连当下，等待也是如此令她难耐。

　　不如就当增加人生经验，下次让咲耶老师帮自己看看如何？这也是为了今后嘛。

　　友惠轻轻摸了摸左手无名指上的戒指。

　　她是上个月收到的这枚戒指。尽管她马上就戴在了无名指上，但并没有人主动问她理由。大家都很贴心，刻意装作没看见，然后，他们会做好心理准备，等着从本人口中听到正式报告的那一天。没错，这才是成年人的应对方式。

　　但是，要是佐野山美穗在这，多半会第一个开始大吵大闹。

"你订婚啦？而且已经登记啦？"她肯定会手舞足蹈、大肆宣扬，当然，是带有恶意的。

佐野山美穗这个人，是友惠最受不了的类型。单手拿着时尚杂志，醉心于指甲油、美体和时装打扮，自认为是"女人味"十足的交际花，还公开宣布自己很爱照顾人，四处表现自己是个细心周到的好女人。她以为自己的魅力"香飘十里"，但那不过是"恶臭"罢了。强加于人、好管闲事到了她那个程度，几乎算得上犯罪。

而且她貌似非常骄傲自己的恋爱体质。刚进公司时，毕竟两人是同期，所以常常有机会一起参加同事之间的酒会或聚餐，但其中绝大部分都以她兀自大谈特谈曾经的恋爱经历作结。"人家的身材比较丰满嘛，其实呀，男人都很喜欢丰满的女生哦。"每次她开始炫耀自己多受男人欢迎，友惠就好想踹她一脚。

与其说她是恋爱体质，不如说是妄想体质。她心里好像永远有个意中人，实际绝大多数只是单相思，可不知怎么回事，本人总坚信自己和对方两情相悦。友惠曾经被她这种没来由的自信害得很惨。曾经上司叫她带一个刚刚入职的小男生，就是那一次，她被佐野山美穗单方面盯上。对方骂友惠是"偷腥猫"，还四处散播诋毁她的谣言。最后那个男生跟别的女孩交往了，佐野山美穗才终于肯放过她。

话说，既然你有空整天妄想这些有的没的，倒是去减肥啊！先瘦下来再说！虽然你自称"丰满"，但是"丰满"这个称号，是给那些只稍稍超了一点标准体重的人准备的，绝对不是给你的。你就是个胖

人生相谈

子罢了！上面这些话，友惠曾在一次酒会上借着酒劲，清清楚楚地说给本人听过，但从那以后她和美穗就彻底疏远，很久没再碰面。

而那个佐野山美穗，如今以这样的形式来主动缩短距离。

她想看樋口老师的稿子？

为什么？

难道，那女人看上了樋口老师？

讨厌，怎么会。

但有可能。

如果是她，很有可能。倒不如说，不会错了。

友惠眼前出现可怖的一幕——一个肥硕的躯体扑向瘦弱的樋口。

她不禁浑身一震。

此时，友惠猛地回过神来。

她的手机在振动。

友惠慌忙从西裤的后兜里抽出手机。

"能再给我一天时间吗？"

忽然说出这话的人是校阅部的高桥。友惠正拜托他校对樋口的校样稿。

"不可以，你今天之内要回来。我已经给你延后两天了哦。我们之前说好的，本来前天你就要回来的呀。"

友惠不依不饶，于是对方回答："再给我一天吧。有件事，我实在需要去确认。"

"顶多五十张纸的稿子,你到底还要花多久呀?"

"再给一天嘛,求求你啦。"

"嗯,好吧。"友惠把桌面日历拉到自己面前,这次换成恳求的语气,说,"明天下午上班的时候,你一定要把稿子送回来哦,算我求你了。"

"嗯,我知道了。明天下午上班的时候,我一定会送来的。"

电话说到这里就挂断了。

唉,他呀,真是的。

友惠注视着日历,叹了口气。为什么他总是要纠结到这个地步呢?但是正因如此,他的成果总是很准确,非常值得信赖。

可就算这样……友惠又叹了一口气。

那份稿子的确认工作,真的有那么辛苦吗?

不过的确,作品的原型是二十年前实际发生过的挪用资金案,所以,恐怕的确需要多方查证,确认事实。但是,才过了二十年,又不是过去一两百年。情况跟现在固然多少有点不同,但区别也不会太大啊。况且,那只是虚构作品而已,就算跟实际的案子有所出入,那也没什么问题。倒不如说,把原本的案情完完全全照搬过来,问题才多呢。

他应该也很清楚这点,所以昨天也说了愿意妥协,而且他昨天还说,基本的确认工作都已经完成了啊。

可是到了今天,到底又是哪个细节让他卡住了呢?

人生相谈

友惠又拿出手机，回拨过去。

"哎，你现在查的是哪个部分？"

听了这个问题，高桥"嗯……"了一声，吞吞吐吐地回答："呃，有好几个点，跟实际比较起来……"

"所以说，这是虚构作品呀，就算跟案件原型不一样，也没关系的。这点你昨天不是接受了吗？"

"嗯，这个我知道啦。"高桥尽管吞吞吐吐，还是说了下去，"还有就是，个人资料我也有点在意。"

"个人资料？哪个角色的个人资料？"

"不，不是小说里的人物。"

"那，是谁的个人资料？"

"樋口本人的。"

"啊？"

连载的第一篇都会刊登作者本人的档案。那是参考网络上的信息和过去的著作，由友惠编写的，跟樋口本人也确认过没问题。不过，樋口本来就不想公开出生年月日这些个人隐私，所以那些都没写进去。

"樋口老师的个人资料怎么了？"

"嗯，就是有几个地方，我有点在意。"

"所以说，是哪里？"

"他的爱好。"

"啊？"

个人资料里有一段是介绍作家的爱好，友惠写了"园艺"和"做点心"进去。她也想过，男作家的爱好写这些，是不是太少女了。可是，除此之外又想不到别的。

"那两个爱好，难道是你给他编的？"

"可是，我也没办法啊。他说了让我随便想几个，时间又来不及了，我就只想到这两个。我给他本人看过了，他说没问题啊。"

"那就算了。"

"但是，为什么？为什么你会在意爱好那一栏？"

"我记得，樋口是很讨厌虫子的，所以园艺这个爱好我实在觉得不对劲。而且他还不爱吃甜食，我就想，那这样一个人喜欢做点心，不会很奇怪吗？"

"你怎么会知道这些啊？"

"咦，我没跟你说过吗？我在小说讲座当讲师的时候，樋口来听过课的，所以我跟他吃过几次饭，还一起去喝酒。"

"我还是第一次听说。原来是这样啊。"

"嗯，所以，从当时他这个人的倾向来看，写这两种爱好就有点矛盾了。"

"爱好这东西，本来就很随便啊。那些平时不读书的人，不是也会在简历上写'爱好阅读'吗？爱好就是这样的啦。"

"这个嘛，你说的倒也没错。"

人生相谈

"那你可以把校样稿带回来了吗?"

"不,稍等。其实,作品的内容本身也有点不自然的地方。我实在很想查证一下。"

"所以说,那……"

但是,电话已经挂断了。

唉,真是的,他这个人啊。

他这个样子,我们今后,真的没问题吗?

友惠望着天花板,深深地叹了一口气。

"绪方小姐。"

"咿!"

友惠情不自禁地叫了一声。

"打扰你了?"

来兼职的女孩怯生生地站在那里。这个女孩先前被友惠拜托去拿加内特·咲耶的稿子。加内特·咲耶的稿子基本是手写的。她以自己跟机器天生合不来,甚至机器会妨碍她工作为由,家里别说电脑了,据称连个传真机都没有。因此,收加内特·咲耶的稿子都是用最原始的方法——直接去她那里取。

"啊,辛苦了。等你好久了。"友惠满怀期待地站起身来。

"真是不好意思!"

但兼职的女孩却泫然欲泣地对她低下头。

"怎么啦?"

"稿子还没有取回来。"

"啊?"

"咲耶老师说自己有其他的工作耽搁了,所以稿子还没有写好。"

"不会吧?可是她今天之内不交稿的话,我们会很麻烦的啊。"

"啊,她说今天之内可以写好的,所以希望我今晚七点左右再去一趟……"

友惠看看手表,快到下午六点了。这不只有一小时了吗?你再去一趟啊,不如说,倒是留在那边等啊。

"那个……我今天有点事,无论如何都走不开……"兼职的小姑娘扭扭捏捏地说。仔细一看,她眼皮上画有清晰的眼线,腮红也很靓丽。耳垂更是坠了两颗跟白天完全不同的大宝石。原来如此,刚去补完妆。哈!所以说,这些发情期的女人真是……

"好吧,你可以先走了。稿子我去取。"

友惠看也没看小姑娘一眼,恶狠狠地说道。

4

"咦?那不是樋口义一吗?"

冈部看到那个背影,猛地停下脚步。

没错,就是樋口义一。

但是,他怎么会在这里?

人生相谈

冈部来到了距离西武新宿车站很近的回收商店。这家店规模并不大,但因为报价相当良心,在行家之中很受欢迎。某个他培养出来的写手告诉他有这么一家店,可他万万没想到自己真有要去光顾的一天。以前他还以为自己跟这种地方无缘的。

他之所以会来到这种地方,是为了卖掉劳力士手表。前几天,妻子的律师发来文书,请他返还偷偷拿走的那些钱,可冈部把手头所有钱都凑到一起也远远不够数,没办法,只好卖掉那块劳力士。于是,他凭着记忆来到这里,却撞见一个意料之外的人,情急之下只好把自己的啤酒肚藏在彩灯招牌之后。

樋口义一也是来卖东西的吗?多半是了。冈部听说了,虽然他成功出道,却总也起不了势,只能靠打工勉强维持生计。

但他身上穿的西装倒挺不错,应该是阿玛尼的,鞋子也是高端珐琅皮鞋。

回过神来,冈部一路跟着樋口义一,来到了歌舞伎町。

这是以前新宿KOMA剧场在的地方。在那里,冈部又差点碰上一张熟面孔,他立刻躲进人群。

"那个人是……小秋奈?"

对,就是"闪亮甜心"夜总会的头号女销售秋奈。

秋奈一副惊讶的样子看向自己。本以为被发现了,冈部正待苦笑,她的目光却轻巧地穿过冈部身边,锁定在那个人身上。

"义一!久等了。"

5

"哎呀，你要结婚了？"

因为对方忽然对她这么说，友惠"哎呀"了一声，警觉起来。

晚上七点。

友惠坐在一家咖啡厅里。这是位于加内特·咲耶居住的帕拉佐公寓一楼的咖啡休息室。

这里是位于西新宿的高级公寓，两年前建成，是一栋据说住了六百户人的富人公寓。

友惠已经是第四次拜访这栋住了很多艺人和名人的公寓了。第一次是负责某个知名运动员的成功学书籍，第二次是给某个知名音乐家做自传，第三次是……

当初可真没想到，这两年居然会来这里四次之多。这地方到底多受名人青睐啊？这么说来，武藏野宽治的工作室应该也在这里。那个冈部扯着嗓子，仿佛炫耀自己的事一样大喊："那可是月租要二百一十万日元的地界啊！那沙发，就得两千万日元一张！"好像是上上周的事了。

不知道加内特·咲耶的住处每月要多少钱，就在友惠想到这件事的同时。

"哎呀，你要结婚了？"

人生相谈

加内特·咲耶这么问她。友惠下意识地松开茶杯把手。

"啊?"说实话,她相当吃惊。占卜师连这种事都知道吗?她猛地挺起背,就在此时看到了左手无名指上的戒指。原来如此,是它的缘故。因为看到戒指,对方才会提到结婚这个词。这就是所谓的冷读法,是占卜师和江湖骗子惯用的手段。是或者不是,他们会根据自己的回答问出下一个问题,最终诱导被询问者主动说出心中不为人知的秘密。那是一种高级语言技巧,能让人在主动招供的同时,还陷在"被对方猜中"的错觉之中。

"不过,你的双亲并不乐见这门婚事吧?"

然而,在对方说出这句话的时候,友惠再次挺直了脊背。

为什么她连这个都知道?我身上到底哪一处向她暗示了这项事实?还是说,她在给我设套?

"确实,你的对象,看起来是有点问题。"加内特·咲耶半阖着眼,望着远方说道,"尽管他和你还算合得来,但看来有不少障碍啊。"

说对了,但是,她并没有说出任何具体细节啊。两人还算合得来……这种说法,重点也在于并没有断言是好还是坏。还有障碍,不论什么样的情侣,多少都会遇到一些障碍。那些乍一看天造地设的情侣,肯定也有小小的隔阂和误解,如果遇到即使这样还要坚称双方之间没有障碍的人,只要再搬出"你们俩出生的方位不合""你们祖上有过节"之类看不见的东西就好。

"你疑心很重呢。"

"啊?"

"你心里觉得占卜很荒唐吧?"

"不,没有……"

"虽然这么想,但心里还是有一点点想要相信。"

"啊,呃。"

"就像你所想的那样,所谓的占卜,其实是阅读,阅读的是人的心。这是一种心理学。"

"哦……"

"你的性格,从至今为止和你交流稿子的过程我就能想象到,从你的服装、表情、脸色,还有回答问题时肌肉的动态,举手投足的样子,都可以看出你的近况和心里的烦恼,但如果只是这样,不是一点意思都没有吗?所以,才需要塔罗牌、占星术、易学、手相……甚至是灵视等,诸如此类的表演,要说起来,都是节目效果罢了。"

"哦……"

"但就算这么说,也并不是所有一切都是演出来的。归根结底,还是那位占卜师所拥有的直觉……或者说,品位最重要,或许说是才能也可以吧。不论积累了多少经验,只有这项才能,是没办法后天获得的,是生下来就决定好的资质。"

"那个……请问,咲耶老师您做占卜有多久了?"

"大概从我记事的时候起。或许,在母亲肚子里的时候我就开

人生相谈

始了。"

"这样……"

"从小我就很擅长观察人的细微变化。看着看着,我就渐渐能看出某个人的死期。"

"死期?"

"我第一次预测到人的死期,是在上小学的时候。有一次,我在祖母身上看出了死亡的迹象。过了一星期,我的祖母真的去世了。"

加内特・咲耶那双细长的眼睛,正凝视着自己。总觉得自己好像被她看透了什么,友惠移开了目光。

"那个……不好意思。"

就像是为了缓解友惠的紧张,这栋公寓的礼宾喊了她一声。她来这里的时候,就是这位礼宾帮她叫来加内特・咲耶的。

"打扰两位谈话,真是非常抱歉。老师有一位访客前来,请问您方便会见吗?"

"是哪位?"

"一位姓原田的客人。"

礼宾好像有点顾虑友惠的存在,轻声细语地说出访客的名字。

"啊,这样。好的,我马上过去。"

加内特・咲耶慌慌张张地把友惠需要的稿纸从桌上推过来,说道。

"那么,绪方小姐,这就是稿子了,请您多多关照。"

"非常感谢您。"

占卜这东西准吗？

向着深深低头致礼的友惠，加内特·咲耶像是要再次跟她强调一般，说："不论最后会变成什么样，你都不要泄气哦。加油。"

+

不论最后会变成什么样，你都不要泄气哦。加油。

咲耶这句话，一直在友惠的脑海里挥之不去。
真是一句不得了的咒语。
就是因为这样，友惠才讨厌占卜。说白了，所谓的占卜就是"威胁"，用威胁的话语束缚人，这才是占卜的本质。
所以，自己不可以在意那句话。一旦在意，只会中了对方的妖术。
想着这些，友惠却无论如何也无法把咲耶那句话从脑海中清理出去。

不论最后会变成什么样，你都不要泄气哦。加油。

而某个消息通知到友惠这里时，恰好是半夜一点刚过。

"刚才，高桥雅哉先生从地铁站台坠落，已确认死亡。"

人生相谈

那个声音听起来非常机械,所以,友惠也机械性地回答:"谢谢您联系我。"

最先接起电话的母亲一言不发地看着自己。父亲也醒了,走过来。

"怎么了?"父亲问。

"高桥先生……去世了。"母亲小声回答。

"为什么?"

"详细的情况不清楚,好像是在地铁站台上跟人吵起来,所以……"

"啊,我就知道会变成这样,所以我才叫你别跟他谈,我早就觉得那个男的哪不对劲了。"

"你也不用专挑这个时候说这些吧……"

父母好像在争论什么。

但友惠的耳中,只回响着另一句话,其他什么都听不进去。

不论最后会变成什么样,你都不要泄气哦。加油。

请救救我们

人生相谈

请救救我们

我是一名家庭主妇,今年四十岁。

我丈夫前些日子去世了。他生前四处欠了很多钱,催收催得非常紧,来催债的人竟然对我说,没钱是吧?怎么不给自己买个保险去死?还威胁我,叫我把女儿卖掉。我女儿才十二岁啊!可是,他们居然叫她去风月场所上班!我到底应该怎么办?请救救我们一家吧!

(迷途的羔羊)

请救救我们

1

【一九九四年】

"这也太过分了!"

手上拿着明信片的川口寿寿子用力拍了一下桌子。坐在隔壁席位,先前一直在观察她脸色的并木郁子战战兢兢发问:"川口女士,怎么了?人生相谈说什么了?"

郁子的前辈川口寿寿子,是负责"万能咨询室"这一人生相谈栏目的记者。她每天需要浏览读者寄来的明信片和信件,选出能登报的咨询函,还要附上回答。这项工作对记者来说有些乏味,但川口寿寿子有时仿佛把它当成了自己的使命,每封来稿她都逐字逐句细读,连没有登报的稿件也会回信提出建议。有时她还说这恐怕会诱发犯罪,甚至直接去见投稿人。一开始郁子以为寿寿子只是好管闲事,但她最近开始觉得,这恐怕是"必须由我来改变世界"的想法在作祟,是一种记者特有的过度膨胀的正义感。没错,川口寿寿子是个彻头彻尾的记者。她总是把记者的使命放在第一位,常常会因此忘记自己还是个母亲。

前几天她也说很在意某封投稿,亲自跑到相模原市去见投稿人。

人生相谈

郁子也读了那封信。信上说自己捡到一只装满大叠钞票的垃圾袋，不知道该怎么办。尽管字里行间充满了凭空捏造的气息，川口寿寿子还是很在意，立刻跑去找那人了。

然而，那件事果然是假的。川口寿寿子一回到报社就开口："那是个很爱投稿的老婆婆。好像一直在给我们报社投稿，但是从来没被登过，于是就编了一段唬人的经历。"

"果然是编的啊。"

"其实她完全不用编，直接把自己目前面临的困境写下来寄过来就好了。那样的话我肯定会给她登的。"

"她目前面临的困境是什么？"

"那位婆婆目前面临着被强制搬迁的困境，真的很可怜啊。不光她自己，她的媳妇跟两个孙辈都要流落街头了。这样下去会发展成普遍存在的社会问题。你不觉得帮助那种可怜人，就是我们报社记者的使命吗？"

从那以后，寿寿子好像又是找相熟的律师，又是帮忙出谋划策。但是强制搬迁问题哪会这么容易解决。尽管川口寿寿子的信条就是不论收到什么咨询都给出简洁有力的回答，不过，这次恐怕连她也束手无策吧。

好了，比起这个，还是专心自己的工作。郁子展开稿纸。桌上姑且有一台文字处理机，但郁子跟机器实在合不来。不知为什么数据总是损坏，果然还是手写最棒了。她在稿纸上落笔，旁边就是一沓笔记纸，那是有关一起挪用资金案的资料。案件发生于今年，一家大型电机制造商S社的转包公司内部。该公司从银行融资的一亿日元被员工挪用，于是惨遭破产。然而，坊间传言这次破产或许是事先计划好的，也就是他们故意派员工挪用那一亿，实则借此悄悄转移资产。不过后来那个挪用资金的员工在看守所自杀了，后续不了了之。正当郁子要翻开取材笔记本时，川口寿寿子忽然叫道："啊，对了！"

"这种时候就该用民法第395条啊。"

"民法第395条？"

"对，民法第395条。只要活用这条法律，说不定那位婆婆一家，甚至还有这家人都能得救了。"

言罢，川口寿寿子再次拿起那张写着"请救救我们"的明信片。

2

【二○一四年】

"这是什么啊……"

一开始，小坂井刚根本没认出那是什么。那个造型他这辈子第一次见，所以大脑也没能快速而准确地识别出它的轮廓。

等到大脑终于反应过来，刚短促地惨叫了一声。

"是木乃伊！"

人生相谈

刚之所以下定决心打开那只行李箱，是受到某人催促。

这个人是直美，"闪亮甜心"夜总会的老资历卖酒女郎。她是这么说的："如果你想让花音回心转意，就要送她一样谁都送不了的礼物。"

她说的礼物，就是要价一千万日元的包包，是一个叫"爱马仕"的高端品牌出的。据直美说，本来这种鳄鱼皮做的定制包要好几千万日元才能买到，但经她介绍找熟人的话，只需一千万日元就能拿下。刚一开始觉得荒唐，可也渐渐被直美说动，不禁脱口说出要买。一言既出，他就觉得不论发生什么都必须买下这个包了。为了筹集那一千万日元，他先是打算连着地皮一起卖了家里的房，然而很快又得知房屋所有者是别人，自己无权出售。到了这一步，刚心中的焦躁更甚。不管用什么手段，他都必须弄到一千万！

于是他拐着弯子找直美求助，结果对方说："你家里可能有宝藏哦。喏，电视上不是常常播吗？堆在仓库里没人管的古董，其实是价值好几千万的宝贝什么的。你仔细回忆下，仓库里有没有这种东西呢？"

要说有，也就是仓库里那三个大行李箱了，但是，那些东西……

"干吗？你在怕什么？里面不会装了尸体吧？怎么会，不可能有这种事的啦！你赶紧回去打开看看就是了。"

刚上周才把仓库门锁上，本来不打算再进去的，可"宝藏"这个词深深地动摇了刚的心。就是说啊，怎么可能有尸体嘛，有也只会是宝藏，肯定没错。好。然后他摘下那把锁，进入仓库，来到那几个箱子面前。

第一个是空的，第二个也是空的。刚以为第三个也是空的，怀着放弃的心理打开箱子一看，里面涌出一大堆发黄的纸片，都是一万日元大钞，但也不知上面沾了什么，腐烂得很严重，找不出一张能用的。这副异样的光景就够引人尖叫了，不承想下面还有更可怕的东西。

那是被肢解的人类尸体。

刚顿时沉浸在自己无声的惨叫中，他的理智四散奔逃。

就算这样，他还是不得不直面现实。

刚试图找回理性，开始思考。

这是什么？

恐怕是人类木乃伊。

那这个人，到底是谁？

行李箱里还放了一只手提包，里面有一沓纸。

刚犹豫了整整十五分钟，最后回房间拿来劳动手套，下定决心，把那叠纸从包里抽了出来。

虽然箱内没有信息能确认尸体的身份，但他发现，那是一叠手写的原稿。

上面还写了名字。

"武藏野宽治"

武藏野宽治？

人生相谈

就那个武藏野宽治?

那个写书超级畅销的作家?

说到武藏野宽治,就是写分尸杀人小说而出名的那个作家。

而现在,刚的眼前正是被肢解的尸体。难道……

在刚的心底,一个黝黑的坏点子倏地浮出水面。平时他都会慌慌张张地把这种念头摁下去,此刻的他反而想立刻把它捞上了岸。

+

"老公,你认识小坂井先生吗?"

芳美试着问了自己的丈夫——武藏野宽治这个问题,但丈夫只是撇撇嘴,厌烦地摇摇头,答:"不认识。"

看这反应,多半是认识的。

那么,那个男的说的话都是真的了。

芳美伸手揉了揉太阳穴。

那个自称小坂井刚的男人给她打来电话,是在大约两个月前。

对方说:"请你出一千万买下武藏野宽治先生的秘密。"

芳美本以为是恶作剧,这种无凭无据的恐吓电话她没少接。

但是那个男人所说的却格外真实。

"我想让你买的是武藏野老师亲笔写的原稿,它跟人的尸体一起被装在手提包里。"

对方话里有话，暗指武藏野宽治可能参与凶杀。

就算这样，不也说不清凶手是不是我丈夫吗？芳美尝试反驳，对方却说："我没有说他就是凶手，我只是希望你买下原稿。"

那你有证据证明那是我丈夫的原稿吗？

"送去鉴定就能证明了。你希望我去鉴定吗？"

为什么，自己当时没有直接说出"随便你"呢？

恐怕是因为，芳美心中对丈夫有一些怀疑。

她不明白丈夫的脑子里在想什么。虽然自己说的话他都听，但这反而让她觉得不自在。有时，她会为了测试对方的感受，提出许多无理要求，而他从来不会反抗。

他身上那种不可捉摸的感觉，总让芳美觉得他深不可测。他写的小说每本都像树海一般深邃，一旦深入其中，除了死就没有别的退路。一开始芳美还被这种风格俘获，可就像不管多美味也没法一直吃的法国鹅肝一样，那种痛苦、烧心的感觉渐渐覆盖了她的整个生活。

烧心的感觉最后带来了疑惑。

他是不是真的杀过人？所以，他才能写出那么真实的死亡？

就算真是那样，我也不会放弃做他的妻子。如果这是个收入平平的男人，她早就拍拍屁股走人了。可是，光凭烧心的感觉和一点怀疑，实在很难放弃做一个年收入两亿日元之人的妻子。

没错，年收入两亿日元。相比之下，区区一千万日元，不过是买下那张沙发所需金额的一半罢了。

人生相谈

"我付给你一千万日元。"

芳美说。

如果这样就能让她摆脱这种烧心感、摆脱这通电话的话——

"您这个决定太草率了。"

芳美和盘托出后,占卜师说道。加内特·咲耶是芳美在这个世上最最信任的人,没有对方的建议,芳美连晚饭的菜色都决定不下来。

"我果然太草率了吗?"

"是的。因为您的丈夫什么都没做呀。"

"真的吗?"

"是的,请相信您的丈夫。他是个很弱小的人,正因为很弱小,才写得出那样的小说。"

"那么,我该怎么办?我已经给对方汇去一千万日元了。这是上个月的事了。"

"建议您还是找个时机,报警为妙。"

"报警的时机选在什么时候合适呢?"

"那么,请容我稍稍占卜一番。"

3

刚,你干什么了?

野上美奈子一刀狠狠剁在砧板上,轻声咋舌。

真是的,这孩子就不给我省心!

她得知自己的弟弟购买了一个一千万日元的皮包,是在上个星期。

上周三,美奈子正准备出门购物,门铃却响了,一看屏幕,是个不认识的男人。

男人自称"高桥雅哉",他说自己是福善舍的员工。福善舍?是挺有名的出版社嘛。可就算这样,美奈子也没有老好人到轻易请对方进家门,再说了,他没准是骗子呢?她正斟酌措辞,想找个借口赶对方走时——

"您的弟弟是叫小坂井刚吧!我想问问您,关于他最近购买了价值一千万日元的皮包的事情!"

对方隔着通讯器,忽然说道。

"啊?一千万日元?"

"所以说,我就是想问问您,这一千万日元是从何而来呀!"

男人的嗓门大得要命,话筒被他震得破音,整个房间都嗡嗡作响。要是放着他不管,邻居都会听见的。

没办法了。美奈子解除门锁,请男人进入玄关。

根据这个男人所说,他正在确认某本小说当中的情节是否属实。

"那本小说是以发生在二十年前的挪用资金案为原型的!虽然是虚构作品,但既然有原型,那么我认为,小说内容如果跟真相有出入,就不太合适了!所以,我正在调查实际发生的那起挪用案!"

人生相谈

男人的情绪异常高涨。美奈子十分后悔给他开了门，但对方毫不在意她的想法，继续喋喋不休：

"结果我查着查着，就发现小坂井刚先生居住的那栋平房了！进一步调查发现，小坂井先生最近赠给在'闪亮甜心'夜总会工作的卖酒女一个价值一千万日元的高级皮包！这件事在那家夜总会引发了一些议论，她们很奇怪小坂井先生是怎么弄到一千万日元的，然后根据某个知情人士所说，其中有可能牵扯到犯罪。啊，但我并不是警察，所以对犯罪没有兴趣！我感兴趣的是小坂井刚先生居住的那栋房屋！我想看看那栋房子的平面图、准确规格，还有建造年代！建造年代和规格，我在登记簿上已经看过了，所以知道了！但是关于那个庭院……"

"那个，请问您为什么要调查这些？"美奈子在对方的滔滔不绝中找到微小的空隙，立刻插入提问。

"我说过了，因为小说里写了这些呀！关于那栋房子的记述！小说里面写了很多那栋房子的构造呢！然后还写到位于后院的仓库，因此我想确认一下那里！但是您弟弟不在家，所以我想找他，就找到'闪亮甜心'去了！然后我就听说了那个一千万日元皮包的事！我就有点好奇！"

"那个皮包也写在了小说里吗？"

"我都说了，那个皮包跟小说没有关系的！只是我有点在意而已！我这个人的性格，就是一旦有在意的事，就一定会追究到底！但是我常常因此跑偏，总是因为这个被女朋友骂！啊，顺便说一下，我跟女朋友马上要结婚了！"

这个人到底来干吗的？可能是危险人物，但是美奈子也很在意那个一千万日元的皮包的事。最重要的是，有人把那栋房子写进了小说。

"那到底是一本讲什么的小说？"

"我都说了，就是发生在二十年前的挪用资金案呀！"

二十年前？

美奈子握紧了菜刀。

一九九四年，美奈子十二岁，弟弟只有六岁。父亲为债务所困而自杀，被他抛下的美奈子、母亲和弟弟三人只好连夜逃离自己家。按母亲所说，是有个好心人给了她很多建议，然后她们一家就住到那栋脏兮兮的平房里了。平房里本来就住着另一家人。

那之后的生活，真的就是地狱。

美奈子拼命摇摇头，想要抖落那些记忆，但是，记忆不可能消失。不，恐怕就算所有的记忆都消失了，那些往事也会像下水道口的顽固垃圾一样，紧紧地粘在地漏盖上。

她这辈子从来没有活得那么憋屈、那么担惊受怕过。生活太不讲理，太令人气愤，她只好和母亲两人躲进被窝，整天像念经一样发泄自己的恨意。

人生相谈

她曾逼问过母亲,为什么她们一家要过得这么惨?那是一九九八年,美奈子十六岁,她们一家在那栋平房里的离奇同居生活迎来第五年的时候。母亲说:"我们有权利住在这里。不,是必须住在这里。"

"日子过得这么痛苦,为什么?我们没别的地方可住吗?我想回以前的家去!"

"那怎么可能啊!我们是为了躲债才来这儿的,除了这儿没地方可去了!"

母亲裹着被子,把这些话也说给她自己听:"我们签了租房合同,必须一直住在这儿。如果住在这里,他们就会保障我们最低限度的生活,所以,我们必须留在这儿。"

"可是,那些人叫我们滚出去啊。"

"如果她们要我们走,就必须付我们搬迁费。因为,我们可是签了租赁合同的!"

当时的美奈子根本听不懂母亲在说些什么,她甚至怀疑母亲的头脑已经不正常了。

后来,母亲也的确渐渐失常。

"杀了你""去死"这些本来该深藏心底的杀意,渐渐被她轻巧地挂在嘴边。

那家人也感觉到了她的杀意。杀意渐渐充满那栋2DK的小小平房,简直就像身处战场最前线。

每当杀意达到沸点，必然会出现一个名字。

川口寿寿子。

美奈子不知道这个女人是谁，唯一确定的是，此人就是当年的始作俑者。她的母亲更是至死都在重复一句话。

那个女人骗了我。

母亲说着，就这样死去了，面目如恶鬼般狰狞。

啊啊啊。

美奈子再次用力摇了摇头。

别想了，别想了，过去的事，别再想了！

她握紧菜刀，重新开始切肉。肉是她先前去超市买的打折和牛，但是不太新鲜，总觉得有一股难闻的气味。

没错，那个家里饭桌上的咖喱，也有一股这种难闻的气味，又腥又馊。母亲曾说："她们一家肯定是想杀了我。这肉没准也是……"

啊啊，所以说，不要再想过去的事了！

把肉丢进锅里时，门铃响了。美奈子探头去看可视屏幕。

屏幕上是个陌生的女人。

"你好，我是福善舍的绪方友惠。"

福善舍？又来？这次又要干吗？

美奈子打开大门，一个骨瘦如柴，穿黑西服、黑西裤的女人站在那里，右手抱着一大沓纸。

"啊，这是校样稿，也就是用于校对的印刷样张，是曾经高桥雅

人生相谈

哉负责的作品,这上面详细地记录了他的笔记。"女人隔着眼镜,投来尖锐的目光。"高桥雅哉,是不是曾经来您府上打扰过?"

"呃,是的。"

迫于她的威压,美奈子老老实实地回答。

"我与高桥雅哉曾有婚约,如今我想要继承他的遗志,因此正在确认这叠校样稿上所记载的疑点。"

"遗志?"

"是的,高桥于上周去世了。"

4

"啊?"

榎本千代子姑且没有马上回答,她得先想明白对方问这个问题的真实意图。

就在刚刚,自称福善舍编辑的女人按了自己家的门铃。

福善舍的编辑,前几天也来过一个。那时是男的,还有武藏野宽治跟他在一起,而且,他们也很想知道邻居家的事。之后又另外来了一个福善舍的员工。

这个员工是个情绪莫名高涨的男人。千代子本想随便打发他走,可男人扯着大嗓门嚷嚷个没完,最后终于逼得千代子打开了家里的大门。

"请问您的邻居是从什么时候开始住在这里的呀？"

"我不知道。我们家搬来的时候，他们就在了。"

"那您是什么时候开始住在这里的呀？"

"二十年前。"

"原来如此！请问您这房子是商品房吗？"

"是啊。"

"这一带到处都是设计相近的房屋，请问这些全都是商品房吗？"

"嗯，是啊。本来这里的规划是要建个大型卫星城的，但建到一半，计划就破产了。"

"原来如此！怪不得我时不时会发现社区里夹杂着几栋老平房！比如您家邻居那样的！"

"就是说啊，隔壁居然是那么个破房子，真倒霉。买这里的时候，房地产公司还跟我说隔壁也会马上改造成漂亮的新房呢。当初他们可告诉我，他们正在跟隔壁家交涉欤。"

"会不会是抢来的地皮啊！"

"好像也不是抢来的，他们说是通过法拍到手的嘛，可是里面的住户却怎么都不肯搬走。"

"原来如此！看来您的这家邻居是在滥用民法第395条，跟开发商对抗啊！"

"什么？民法第395条？"

"在二〇〇四年三月之前，可以用短期租赁合同当盾牌，对抗抵

人生相谈

押权哦！有相当多的人滥用这一点，长期占据已被拍卖的房屋，索取搬家费呢！在练马区，甚至还因为这种长期占据，发生了一户居民遭人惨杀的案子！世人一般称之为'练马一家五口命案'！"

"哦……这些复杂的事情我不太懂。"

"对了，请问您家丈夫是在哪里工作的呢！"

"是在北区王子那里的……电机制造公司，怎么了？"

"新世纪电机是吧？"

"呃，是的。"

"是财务部门的吗？"

"呃，算是。"

"那么，您家的贷款已经还完了吗？"

"啊？"

"就是买下这栋房子时的房屋贷款呀！"

"你问这个做什么啊？"

"不，没什么！只是有点好奇而已！"

"可以请你离开吗？"

"啊，不好意思！我回到正题！您家隔壁这栋房，二十年前，住的是什么样的人呢！"

"呃……有一位老奶奶，一位太太，还有太太的儿子和女儿……"

"您知道他们叫什么名字吗！"

"名字？这我怎么记得。"

"一个都不记得了?"

"呃……和子,对,那家太太好像叫和子,还有……她的两个孩子,一个叫小芙,一个叫小健。"

当时自己是那么回答的,但是,那并不是正确的信息。

二十年前,至少有总共七个大人和小孩一起住在那栋房子里。千代子也不太懂他们之间是什么关系,但是,每年人都越变越少,到最后终于只剩一个人,那就是小坂井刚。

就连这最后一个人,最近也很少见到。

隔壁的原田家到底怎么回事,真是搞不懂啊。

5

"相模原市的原田家?啊,我还记得很清楚。虽然已经过去二十年,但还像昨天的事一样呢。"

大洋报社广告部的满田洋子爽快地接受了福善舍的编辑——绪方友惠的采访。福善舍也是他们部门的客户,今天卖对方一个人情,往后就能……这种私心当然是要藏好的。但是,为什么事到如今对方突然来问川口寿寿子的事呢?上周也有个自称福善舍校阅部员工的男人跑来,问了一样的问题。洋子虽然觉得奇怪,但还是逐个回答了绪方友惠的疑问。

人生相谈

"是的，您说的没错，川口寿寿子女士的确去了相模原市的原田家。她说自己很在意收到的投稿内容。但那封投稿好像是假的。那位寄信人好像是'明信片大师'，给别的广播电台和杂志也都投了不少明信片，内容大部分是她的所见所闻，而不是自己的亲身经历。"

"当时寄来的稿件是什么内容呢？"

"好像是说自己发现了一只装了很多钱的垃圾袋。"

"这件事真的纯属捏造吗？"

"您的意思是？"

"我们校阅部的员工怀疑的正是这一点。"

绪方友惠翻开校样稿，好像就是上周过来的那个男人带着的那沓。

她就像上周那个男人一样，把校样稿翻过来朝向自己，然后用手指指出其中某个部分。那似乎是一段对话。

"……某个小公司的运转资金遭到员工挪用，公司因此破产。私吞资金的员工虽然被捕，但他坚称自己已经把钱挥霍一空，回避了返还义务。但此后，有人在山林里找到装有大约一亿日元的垃圾袋……"

这个部分被打上大大的标记，尤其是"有人在山林里找到装有大约一亿日元的垃圾袋……"这句，更是画了好几道红线。

"这本小说是以某个挪用资金案为原型而写就的。"

"难道是一九九四年的新世纪电机集团转包公司挪用资金案？"

"嗯，是的。"

"那个案子，我们报社也做过一些采访。不过最后，好像真的只是单纯的挪用资金案而已。"

"是的，我也做了一番调查，那确实是个单纯的挪用资金案，而且实际根本没有发生过小说里所写的'在山林中发现一亿日元'。可这本小说却写到'公司为了洗钱，刻意把一亿日元丢弃在山林中'。"

"但是，就算小说参考了实际的案子，姑且还是虚构作品吧？那这一段应该只是艺术创作吧？"

"我一开始也这么想，所以没有理会，但是……"

绪方友惠垂下目光，静静地说。

"我正在逐个前往我们部门的校阅负责人曾去确认过的地方，排除可能性，因为，他已经不在了。"

"他去世了吗？"

"嗯，是的，上周的事情。"

"这样啊。但是，他为什么会来找我呢？"

"我想，他应该是在进行多方调查后，锁定了川口寿寿子女士，于是就来拜访认识她的您。"

"嗯，的确，我跟川口女士是同期，关系也比较好……不过我认为，并木郁子女士应该比我更了解川口。"

"并木郁子女士？"

"是的，她曾经是社会部的记者，常常和川口女士一起行动。我记得相模原的那栋房子，她好像也陪川口一起去过几次。现在她从报

人生相谈

社辞职了，在做自由职业。需要我给您她的联系方式吗？"

洋子拿出智能手机搜索的期间，绪方友惠"啊"了一声，抬起目光。

"关于川口寿寿子女士所拜访的那位'明信片大师'。或许在她身边，真的有捡到了一亿日元的人，毕竟，那个人都是把自己的所见所闻编成投稿的谈资吧？"

"原来如此。就算是这样，那您直接问本人不就好了吗？"

"本人？"

"就是写了这本小说的人呀。当时那位高桥先生，也说要直接去问作者本人。"

6

"啊，你果然很在意那段？"

绪方友惠打来电话确认，樋口义一满不在乎地回答。

"但这姑且是虚构作品，就算跟事实不符，我觉得也没问题啊。"

"这段是您原创的吗？"

"为什么这么问？"

"不，只是我看其他部分相当忠于事实，却只有这一段是艺术创作的话，感觉不自然……所以我想，这或许是真的。"

"不，我都说了，这只是创作啊。"

"对了，樋口老师，您决心写这本小说的契机是？"

"我在网上查资料，正好看到这个案子，觉得把它写成一本书也许会很有趣。"

"仅此而已？"

"是啊。"

"真的吗？"

"唉，好吧，好吧，我知道了，我说实话。其实那本书的灵感，来自某个人讲的故事。"

"什么样的故事？"

"那是我还在听小说讲座的时候，跟我一起听讲的人说了个很有趣的事。

"那个人上小学的时候，曾经去同学家里参加过生日派对。据说那家是一栋很破旧的平房，但唯独院子特别大，他们几个小孩就说不如来玩捉迷藏吧。他当时躲在储藏室里，那里面放着三个行李箱。他耐不住好奇，就打开箱子看了看。第一个好像打不开，第二个虽然打开了，却是空的。就在他想打开第三个的时候，从缝里看到里面塞满了一捆捆的一万日元纸币，但是里面有股很恶心的气味，熏得他不想完全打开看，所以逃走了。我就是想把这个故事写进这本小说里而已。"

"原来如此。顺便一问，樋口老师您为什么会去听那个小说讲座？"

人生相谈

"你问这个做什么？"

"不，我只是觉得有点不可思议。当地人且不论，不住在那一带的人，真的会特意跑到那个从新宿出发，起码要坐四十分钟电车才能到的地方吗？明明池袋和新宿也有类似的培训班。"

"我听说那边有著名记者在当讲师，所以才选了那里。"

"原来如此，原来如此。不过，我真的有点惊讶，没想到樋口老师曾经当过卖酒员，而且业绩还蛮可观的。"

"您特地去查了？"

"是我司文艺编辑部的冈部碰巧在新宿看见过您，就说起这件事。还有，校阅部的高桥也在校样稿上留下了关于此事的笔记。"

"在……校样稿上？"

"是的，他写了'樋口老师，卖酒员，业绩优秀'。"

"我真是败给高桥了。他从前就这样，像一只甲鱼，咬住就不会松口。"

"那么，您为什么会去做卖酒员呢？"

"您想知道？"

"请务必一叙。机会难得，还请您坦白一切。"

"坦白……"樋口轻咳一声，而后就像下定决心招供的嫌犯一样，开始吐露。

"因为我没有双亲。在初中毕业之前，我一直被各家亲戚踢皮球。初中毕业后我开始独居，一边打各种零工，一边上完了非全日制的高中。卖酒员就是这些零工之一。"

"您现在也是独居吗？"

"不，目前我和女友同住，住在她买的亿万豪宅里。"

"您女朋友很有钱啊。"

"她是业绩很好的卖酒女，客人都源源不断送钱给她。说实话，只靠她挣的钱，我也足够生活下去了。"

"就算不写小说吗？"

"是啊。不过，我是不会停止写小说的。女人不过是写小说的点子。女人和钱，到头来总会消失。我不会把人生献给那么不确定的东西。但是小说不一样，小说会留下来。这是高桥先生告诉我的。在我去听小说讲座的时候，他还说过，写小说和当演员，只要尝试过三天，就一辈子戒不掉了。他说的千真万确，写小说真是个不得了的职业啊。记得从前，母亲常跟我说做什么都行，唯独不要去写小说来着。啊……"

好像有别的电话打进来了，但樋口义一没有理会。

"没关系吗？"友惠问。

"嗯，没关系。那人说自己从前跟我母亲很熟，但实在太烦人了。话说回来，您是在追踪高桥先生的足迹吗？"

"嗯，是的。"

"高桥先生曾说过，他要去拜访房产中介，还说了'那些钉子租客'什么的。"

人生相谈

7

"钉子租客？"

Q不动产的园崎淳司原原本本地重复一遍这个词，仔仔细细地观察眼前这个女人的面孔。

她的名片上写着"福善舍编辑部　绪方友惠"。

"您想知道什么？"

园崎推推眼镜。

那个女人从包里取出一沓纸，哗啦啦地翻了起来。

"大约二十年前，贵公司曾做过相模原市卫星城的规划吧？"

"对，那是我司自创业以来规模最大的企划，但是，连企划的百分之五都未能达成，就被叫停了，就是所谓的泡沫崩坏。"

"当时收购土地进行得顺利吗？"

"并不顺利，有些人以租赁合同做挡箭牌，坚决不肯搬离。"

"也就是所谓的'钉子租客'吧？"

女人回到最初的问题。

"我想问的就是这件事。根据我们公司的高桥所调查到的信息，曾有一家人仗着有租赁合同，长期赖在一位名叫原田和子的女士家里不肯搬走……您知道吗？"

"啊，嗯，听说过一些。这件事是我的前辈负责的，他常常跟我说工作进展得很不顺利。一开始他还以为很轻松的，毕竟，那是栋法拍房，最后虽然拍下了，可里面的住户怎么都不肯搬走。"

"为什么那栋房子会被法拍呢？"

"因为那家的家主去世了。各种税款滞纳，还有欠债，最后房子就被没收了。谁知我们实际探访才发现，那栋狭窄的房子里居然住了七个人！到底是谁给他们出的坏点子啊？"

"所以，最后仍然没有清退掉那家人，而企划也破产了？"

"是的。因此，后来我们也没要求他们搬走。房子也就成了所谓的'蟹货①'。"

"原来如此。对了，请问那栋平房当前的所有者是谁？产权还在Q不动产这里吗？"

"不，现在不是。我司在雷曼事件时资金周转困难，处理了所有的'蟹货'。因此，那片土地已经卖掉了。"

"是卖给了现在住在那栋房子里的人吗？"

"小坂井先生吗？不，不是的。"

"您认识小坂井刚先生？"

"是的，他曾经想卖掉那栋房子，所以来过我们这里。"

那时太忙了，淳司就没仔细看，随意回答了对方。因为他觉得，对方不是来恶作剧就是来消遣人的，或者干脆是竞争对手派来暗访的

---

① 作为资产用语指购入不动产、股票后其价值下跌，因卖掉会蒙受损失而不得不长期持有，寄希望于将来价值回升的状况。——译者注

人生相谈

调查员。这种人多的是，就连眼前这个女人也挺可疑，让人不太懂她想干什么。但既然对方自称是出版社的，就不好像那个男的一样随便应付过去。

"您要看看登记簿吗？不过要收取一些手续费。"园崎转向电脑。"不过，怎么说呢，社会真是进步了。现在在网上就能很轻松地查阅登记簿，以前都得特地跑一趟房屋登记所呢。我刚刚入职的时候，还曾经一整天都不得不泡在登记所里。啊，有了，就是这个。"

电脑画面上显示出那栋平房的登记簿。

这时再看这登记簿，当初自己似乎给小坂井刚提供了错误的信息。当时自己回答的所有者，好像是"原田和子"。

但是，那是Q不动产公司把房子竞拍下来之前的事了。

不过就算这样，应该也没什么大问题吧。不论怎样，现在这位所有者，看起来都跟那个男的没什么关系。

"当前所有者的姓名是……川口义一。呃，登记住址是……东京都新宿区西新宿六丁目……"

8

"咦——你骗人吧！"

花音的嘴巴张得像吞蛋的蛇一样大。放在平时，她会立刻重新嘟起自己最得意的鸭子唇，眼下却连这都忘了。那张大嘴一时半会儿是合不上的，就连她那颗蛀牙上补的银色填充物都看得一清二楚。

"咦——你骗人吧！"

花音又说了一遍跟刚刚完全一样的话。这已经是第五遍了。

"咦——你骗人吧！"

在她重复第六遍的同时，男人断言："不，我没骗你。这个柏金包，就是赝品，是假的。"

"你其实是外行吧？你这个人根本不识货吧？"

到了这时，花音才终于说出别的话。

"哦，我明白了，你是骗子对不对？"这话一出口便停不下来，"你骗我说这是假的，是想低价把它买下来，再高价倒卖！我说对了吧？怎么会有这么坏的人！你见鬼去吧！我要找警察来抓你！"

"警察？"

"没错，就是警察！"

"那您请，您请。"男人像喜剧演员一样伸出双掌，轻快地前后摆了摆。"请吧请吧，随便您找警察，还是去找谁。只不过，被抓的人会是您哦。"

"啊？"

"我是说，要被警察抓走的人，是持有赝品柏金包的您。"

"你以为这么恐吓我，我就真的会乖乖走人吗？麻烦你不要小看我可以吗？我背后可是有势力的，很可怕的势力哦！"

"也不知道是谁在恐吓人呢。"

人生相谈

"我跟你没话说了,我换别的店。"

"就算您拿到别的店去也是一样的。"

他说得没错。花音后来去了五家回收店,每家店都说:"这是赝品。"

新宿已经开始夜晚的喧嚣。本来这时候,自己应该已经在伊势丹买了香奈儿的裙子、普拉达的包包、吉米周的高跟鞋和卡地亚的项链,打扮得漂漂亮亮去了歌舞伎町的俱乐部,叫人开香槟塔了才对啊。

可是,为什么?

花音像个离家出走的小姑娘一样,无力地蹲在伊势丹后面的小巷里。

看来,只有这个印有"Hermès"商标的橙色纸袋是正品,里面装的是彻头彻尾的假货。

"纸袋和包装袋这种东西嘛,会有人在网上拍卖,很轻松就能弄到的。"

第二家店的店员是这么说的。

"很多人就因为这个上当了。骗子算是巧妙地利用了人们'只要包装是真的那内容物多半也不会有假'的心理。可是,就算这样,客人您居然以为这种骗小孩似的假货是'正品'……"

花音忘不了当时店员那副轻蔑的神情。

"这个假柏金包,做工质量跟小学生的手工没两样,说它是仿品都嫌丢人。恐怕就连仿制的厂家也是找的最低端的那一档，而且是刚上班没两天的新手随便做的，顶多只需要花一个小时。"

"那我顺便问一下，这个大概值多少钱？"

花音强忍屈辱问了问。

"嗯，我的话，给一千日元都嫌多，一百日元的话……"说着，店员扬起下巴，高高在上地一笑，"可能还乐意买回去给我家的猫咪当玩具吧。"

花音的脸上落下一行泪。

这眼泪是为什么而流的呢？

花音望着川流不息的人群，心想。

因为懊恼？

是的，相比拿到假的柏金包这件事本身，害她在店里丢了那么大的人才是她懊恼的主因。她感觉自己整个人都要被懊恼碾成末了。

但是，仅此而已吗？

不是的，还有挫败感，挫败感的占比更大。

曾经的头号明星秋奈可是让客人在她身上花了三亿日元，甚至不惜为此挪用公司的资产。

再看看自己呢？客人送的只有勉强能给猫咪当玩具的廉价劣质假货。我作为一个女人，就只有这点价值吗？当然她也知道，秋奈的确长得美，身材也好，但她听说，那是整容整出来的。听说秋奈去开过眼角，还缩了鼻翼。虽然这些自己也做过，自己甚至连下巴都削了，

人生相谈

可是还是秋奈的脸更小、更好看。

不对,至少我是比秋奈更有价值的女人!我胸比秋奈大,还比她年轻。我怎么可能输给那种女人呢!

居然敢愚弄我……可恶。

花音心中,一直以来散落四处的自卑感、挫败感和不甘,如今渐渐汇聚到一处。眨眼间它们便凝成一根漆黑的箭矢,对准某个男人。

臭男人!我要让你好看!

"咦?花音小姐。"

花音怀着强烈的恨意,打开"闪亮甜心"夜总会的大门时,已是晚上七点。

客人都还没有来。

"花音小姐,怎么啦?你今天不是休息吗?"

黑衣保安对她说道,花音却仿佛无暇顾及这些俗事,大步流星走进店里。

"那个男的来了没?"

"哪个?"

"就是那个臭男人啊!那个胆大包天,送我假包包的男人!"

"啊?那个柏金包,果然是假的啊?"

听到有人这么说,花音冷静下来,只见店里好几个卖酒女郎两眼放光,兴致勃勃地看着自己。就是在她收到柏金包的时候大呼小叫

"呀——好棒——""好羡慕你哦——""让我摸摸啦——"的那群人。

"果然"？所以，你们一开始就知道那是假货？

"那肯定啦，毕竟那种人怎么可能买得起柏金包嘛。还有那个包包，一看就是便宜货。"徐娘半老的陪酒女郎直美看准时机说道。"我可是见过正品的，所以一眼就看出来了。但是小花音根本没见过真货什么样吧？那就难免啰。"

9

"啊——好爽。"

直美……原田芙美子回到自己家，先对着母亲的遗照合掌拜了拜，然后重重地倒进无腿沙发。

"那个鸭嘴女，活该！"

"姐，你性格真的好差。"

弟弟原田健太郎给她端来冰凉的麦茶。芙美子一口气喝干那杯茶，道："当然会变差啊。咱们可是被一群陌生人抢了房子，还叫他们赶出去了！这都不算，妈妈被他们害得神经衰弱，最后都自杀了，就这样我性格还能好，那岂不是个傻子！不过嘛，你不一样。你没走歪路，活得很正直。"

芙美子脸贴脸地抱住正在读医学专业的弟弟。

人生相谈

"我非得让你当上人生赢家不可。你要好好学习,拼命努力,成为一个了不起的医生哦。钱的事情你不用担心,姐姐会想办法的。下学期的学费也不用愁了,我都准备好啦。"

健太郎感受着姐姐温润的体温,心中又充满一如既往的担忧。

姐姐为了弄到钱,是不是又做了什么坏事?去年的学费,好像是她从客人手里骗来的,惹出了一点麻烦。

"不怕,这次不会像上次那样的,因为这次的目标,是那个呆子小刚啊。"

"小刚?"

"对,你不记得了?小坂井刚,把我们赶出去的那家人的儿子。那个笨蛋还跟小时候一样蠢,完全没发现我就是小时候跟他住在一起的'小芙'。"

"他原来是你店里的客人啊……"

"是啊,虽然只是碰巧。"

"我一直有个问题想不明白,为什么我们三个会被赶出那栋房子?"

"就是因为租赁合同啊。都怨它,我们才没法把他们一家人赶走。"

"但是,那本来不就是我们的房子吗?"

"不是的,那边的房子在法律上早就不是我们的了,不知移到了哪个房产公司名下。其实我们当时就该搬走的,但是有个人给奶奶和妈妈出了个主意，说让她们签个短期租赁合同，把家里的房子出租给别人。只要把房子租给别人，其间我们就不用搬走。那家人就是这么来到咱们家的。住着住着，她们仗着有租赁合同撑腰，一天比一天嚣张，到最后反而是咱家的人被她们赶出去了。这是一九九八年的事。"

"是这样吗？"

"对啊，就是这样。"

芙美子装傻，而事实其实和她说的有一点出入。

自己一家人是逃走的，逃离了那栋房子。

那天，母亲对自己说："我们要走了，不在这里住了。你准备一下。"

这件事应该是发生在小坂井刚办生日派对的前一天。为了派对的事，自己一家跟那家人的母亲爆发了激烈的争吵。当时出现的"警察"这个词轻易地吓退了母亲。母亲最怕的就是警察，就连听到电视上提到"警察"这个词她都会胆怯。那天，母亲的恐惧达到了临界点。

这是因为，那栋房子的仓库里，可能藏了一具尸体。

不过，这都无所谓了。

总之，今天也好累。

芙美子又喝完了一杯麦茶，靠在无腿沙发上进入梦乡。

"咦？睡着了吗？"

健太郎给姐姐盖上毛巾被，又叹了一口气。

人生相谈

今天，福善舍的编辑来了。上周也有一个自称校阅部的员工来过。

两人都向他刨根问底地打听二十年前的事，还有小坂井刚的事。

姐，你真的没有做坏事吗？

健太郎拿起手机，调出那个号码。

"如果有什么烦恼，就随时联系我。"

那个人曾这样说过。

遇见那个人的契机……没错，就是人生相谈。初中二年级时，自己给大洋报社的"万能咨询室"投过稿。那个人担心年幼的自己，寄来一封信，还附上了电话号码。

从那以后，那个人就成了比姐姐还要可靠的存在。

健太郎握紧手机。

10

"樋口义一先生，您的真名是叫川口义一吧？为什么要用这个笔名呢？"

加内特·咲耶再次不依不饶地发问。

唉，真是的，够了没有啊。义一的手插在口袋里，刻意叹气给对方听。

早知道，就不应该答应这个女人的邀请。她曾经跟母亲交情甚密，所以才非常希望能为他占卜一番。就是因为对方死缠烂打，他才来到这里的。

然而来到这里以后，对方进行的却不是什么占卜，而是说教。

已经持续快一个小时了。

义一咽下口水，道："是啊。'樋口'是我父亲那边的姓，母亲和父亲离婚之前，我姓'樋口'。"

"你的双亲，是什么时候离婚的来着？"

"我还不太会走路的时候。虽然我由母亲抚养，但大部分时间都待在托儿所里，因为她工作很忙。"

"你的母亲失踪，是什么时候呢？"

"我九岁的时候，我觉得我被她抛弃了。从那以后的日子过得就像地狱一样。父亲已有了新的家庭，我只能被各家亲戚像皮球一样踢来踢去。但我之所以没有绝望，是多亏了仇恨。我要报复抛弃了我的母亲。"

真是不可思议，虽然感到抗拒，但话语还是一句句脱口而出。不愧是大受欢迎的占卜师，她的人气看来不是假的。义一仿佛被强灌吐真药的俘虏，滔滔不绝地说下去。

"愤怒和仇恨之中孕育的能量，比其他任何情感都要巨大。甚至可以说，它就是我活下去的动力。我决心一定要找到母亲，再用所有我能想到的难听话狠狠臭骂她一通。

"初中毕业后开始独居的我，开始追踪母亲的足迹。有时我还得

人生相谈

当小白脸，从女人们那儿卷钱。我会去听那个小说讲座，也是因为母亲曾经在那里当过客座讲师，我以为能抓到什么线索。

"我想得没错。线索散落在各处，尽管集齐所有碎片非常不容易，但我终于抵达了母亲最终销声匿迹的地方，就是那栋平房。但是同时，这件事也夺走了我身上的活力。因为我的直觉感到，母亲已经死了，而她的尸体，就藏在那栋房子的某个地方。

"我去了房屋登记所，查阅房子的登记簿，然后成功从所有者手中买下那栋房子。我现在正在做准备，把那个非法占据房子的住客赶出去。"

"然后，你想怎么样呢？是打算报仇吗？"

"报仇？找谁报仇？找那个把母亲逼死的人吗？我才不会那么做。因为我是小说家，这件事，我要写成小说，现在就在写。这个月末发售的文艺杂志上会刊登我的新连载。我认为这本小说会成功的。我也终于要成为一名畅销书作家了。"

"你要……写成小说吗？"

"没错，我要把这一切写成小说。"

"一切？你搜集到的信息，只是很少一部分罢了，并不是你所说的一切。"

"什么？"

11

绪方友惠感到缠作一团的乱麻正在渐渐解开。

她来到了西新宿的高层公寓门口。

这次来这栋公寓,已是第五次。

没错,高桥雅哉留下的这行笔记,就是她需要的线索。

加内特·咲耶,这个人,是他最后拜访的人。

而且,"加内特·咲耶"这几个字的旁边,还用小字写着"并木郁子?"字样。

加内特·咲耶,曾经是大洋报社的记者,也是川口寿寿子的同事。

友惠必须听听她的说法。高桥雅哉为何会死,尽管并不明晰,但友惠觉得自己知道理由。他恐怕是被人杀死的,凶手则是那个人。但她不能武断,必须拿到旁证,就像雅哉从前一直在做的那样。没错,首先,她必须找加内特·咲耶聊一聊。

咦?那不是佐野山美穗吗?

大厅的镜子里映出佐野山美穗的身影。

她怎么会在这里?难道,她一直在跟踪我?

友惠正想回头喊她,却传来一声怪叫。

"你这偷腥猫!把樋口老师还给我!"

人生相谈

这个女的又擅自误会了。但在自己指出这点之前，友惠的肚子便窜过一阵剧痛。

低头一看，那里插了一把菜刀。

来人……救命啊。

然而，她的呼叫未能成声，友惠缓缓滑落，倒在了大理石地板上。

12

"真是的，那些媒体到底想干吗啊？"

榎本千代子没好气地对正在吃晚饭的丈夫说道。

"今天又来了！说自己是福善舍编辑的人。"

"什么？又一个？"

榎本良成放下手中的碗，腋下缓缓渗出汗水。

"我也不太清楚，他们好像在查二十年前的事。老公，你知道什么吗？"

妻子怀疑地看过来。良成立刻回避她的目光。

然而，腋窝还在不停出汗。

冷静，先冷静，那个案子已经了结了，事到如今，不管媒体再怎么打听，法律上也没有任何效力了。但是，或许让一切就这样曝光在天日之下或许更好。一直保守一个秘密，其实是很难的。那时候的自己，万万没有想到这竟会如此辛苦。

二十年前，上司给了他一张纸条，上面写着日期、时间和地点，对方还说："如果你在那里看到一个纸袋，那就是宝贝。捡了交给警察就好。"良成问是什么意思，上司却咧嘴一笑，道"是天神的指引"。于是良成半信半疑地在纸条上所写的时间前往那个地点，果然如上司所说发现了纸袋。

上司是这么说的："里面有一亿日元，不过失主不会出现，所以半年后，它就是你的了[①]。但如果你一直留着它，就会蒙受巨大的不幸。等到警察把钱还给你了，记住要把它直接送回捡到的地方。不过，不要求你分文不动，一亿的十分之一是你应得的份。"

也就是要他把收来的黑钱洗干净。那笔钱好像是找下级转包公司筹来的。上面的剧本是让自己的员工去挪用，转包公司则计划破产……简而言之，就是要他充当善意的第三人的立场，捡走那笔被挪用的一亿日元资金。

这买卖并不亏，有一千万日元的话，家里的贷款也能一次性付清了。

当然良成也有罪恶感，但既然他在财务部，就避免不了洗钱的嫌疑。良成捡起那个纸袋，先回了一趟家。

本来可以直接交给警察，但他需要做点心理准备——扮演善意的第三人的心理准备。媒体肯定会蜂拥而至，所以他还要准备面对他

---

① 当时日本遗失物法规定，拾得遗失物的人在规定时间内将遗失物上交警方后，若六个月内物主没有认领，则该遗失物归拾得者所有。——译者注

人生相谈

们，这需要花上一天的时间。

但是次日，纸袋不在原处。良成本来把它藏在家门口的储物间，却怎么也找不着了。得知妻子把它装进黑色垃圾袋丢到家后面的小树林时，他差点尿了裤子。那个地方虽然不是正式的垃圾丢弃点，但垃圾收集车会定期前来，回收那里的垃圾，这下万事休矣。但此后在邻居家的庭院里发现那个垃圾袋时，他又觉得有了希望。良成试过悄悄溜进去偷回来，却总也不顺利。急不可耐地过了一周，在此期间，那个挪用转包公司资金的员工遭到逮捕，在拘留所自杀了，而那个指示自己去洗钱的上司，也被贬去了东南亚的小国。

一亿日元的去向变得模糊不清。

所以，我根本没做什么坏事。

可噩梦还是会侵扰自己。良成会梦见自己被一捆捆大钞压死。

而且，他常常会想，那一亿日元，最后到底去哪儿了？肯定是被邻居家藏起来了，因为一开始丢在院子里的垃圾袋，第二天移到了仓库里。这是他偷偷溜进邻居家确认过的，所以不会错。再过了一天，他又摸过去一看，垃圾袋已经不在仓库里了。那之后，钱去哪儿了呢？

还是忘了吧，忘了那件事。

"比起这个，武藏野宽治啊。"

妻子忽然说。

武藏野宽治曾经是跟自己一起打工的同事，这成了妻子接连数日的谈资。几天前偶然与对方重逢后，她就每天翻来覆去说个没完。

算了,谈武藏野宽治,总比谈二十年前那件事好。良成端起碗,侧耳倾听。

13

【一九九四年】

我有一个上小学的儿子。我和孩子父亲已经离婚,目前独自抚养他。

他最近或许正在叛逆期,不怎么听我的话。我叫他去学习,他却整天看课外书,说话没大没小。我们常常吵架,有时我还会控制不住动手。我一旦怒上心头,自己都无法控制自己。前几天还把我儿子打出了血。

……我害怕自己有一天真的会杀死他。

……我应该怎么办呢?

我实在没有信心能成为一个好母亲。

来自 没用的妈妈

"这个,莫非是……"

安田大姐最先对宽治的自言自语做出反应。

"你这是什么信?"她探头过来看宽治的手。

人生相谈

"哎呀，不会是情书吧？"

榎本大姐也像乌龟一样伸长了脖子来看。

这里是饼干工厂休息室。宽治从半夜一点开始干了四个小时，终于有三十分钟休息了。桌上摆了一大堆腌菜，是其中一个打工的同事带来的。其他还有盐味仙贝和咸辣乌贼。作为一个整天泡在甜腻腻的气味里没完没了做饼干的人实在很感激。

"情书？才不是呢。"宽治一边掂腌黄瓜吃，一边说，"是人生相谈，咨询人生烦恼的信。"

"人生相谈？"榎本大姐的脖子伸得更长了，"你准备投稿吗？野山小弟，你有什么烦恼？"

本来可以直接跟她解释是为了打工兼修行，所以受人之托给咨询稿件写答复，但是，宽治本来就不打算告诉这里的人自己想当小说家。这个年纪了还想当小说家，她们肯定会用怜悯的目光望着自己。因此，宽治对这里的人说的都是"在备战司法考试"。他自己也觉得，这真是廉价的自尊心。

"他们时不时会给我看别人寄到报社的人生相谈，算是让我从中学习吧。"

"噢，报社啊？"安田探头来看信，"……害怕自己哪天真的杀了儿子……哇，我懂这种心情。"

她豪爽地咬了一大口盐味仙贝，道："上次跟你们说了，我有时候也想杀了我女儿。上初中的年纪啊，就是最叛逆的时候。我嘴上根本说不过她，所以总忍不住动手。"

"所以，这是谁的稿子啊？"榎本大姐这么问，"这种信件一般来说当然是匿名的啊。"安田大姐替宽治回答。

正如安田大姐所说，虽然署了"没用的妈妈"这个名字，但还是匿名的。不过……

这会不会是川口寿寿子本人写的啊？

没错，这就是川口女士的笔迹。而且，宽治记得她有个读小学的儿子。

如果真是这样的话，为什么？难道她不惜暴露自己见不得人的部分，也要帮我锻炼写小说的本领？估计是吧。那个人一旦帮了别人，有时就会不惜一切代价。她本人好像也说过，虽然别人会嫌她多管闲事，但有时她就是没法停手。

"不说这个了。你记得原田婆婆吗？就是三个月之前还在这儿干活的那个老太太。"安田大姐抓起第二块盐味仙贝，说道。

"原田婆婆？当然记得了，不就是我家邻居嘛。"榎本大姐的脖子本来都缩回去了，听到这个话题，又一下子伸得老长。

"哦，对，你跟原田家是邻居。最近，她看起来怎么样？"

"什么怎么样？"

"看着古不古怪？"

"干吗问这个？"

"没什么，只是听说原田婆婆最近出手很阔绰，别人说她整天泡

人生相谈

在钢珠店里不肯走。"

"啊,她很喜欢打小钢珠嘛,会不会是最近赢钱了?"

"不是,正好相反,听说她输得可惨了。我有几个熟人也爱打钢珠,说常常在店里见到那老太太。听说啊,昨天一天她就投进去十万日元。"

"十万日元!"

"这也是流言啦,听说原田婆婆最近捡着钱了。他们那帮打钢珠的人都在传这事呢。"

"捡着钱了?"

+

"哎呀,您是……"

那女人看起来在拼命地回忆自己的名字,脸上虽然笑着,但眉间皱起了很多道道。

位于车站前的小商厦三楼,是市政跟地方书店共同主办的文化中心。每周三晚上七点,这里会举办"如何写小说"讲座。

宽治经过商厦大厅时,被那个女人叫住。

"您是野山先生吧!"

女人眉飞色舞地喊道。

"呃,是的,我是野山。请问您是?"

"我是大洋报社的记者，姓并木。"

"大洋报社？"

"是的，我是川口寿寿子的同事。"

"哦……"

但宽治并不认识这个女人，这面孔是他第一次见。

"我从前偶然在鄙司一楼的休息区看见过川口和您讨论。那时恰巧听到川口称呼您'野山'。"

只凭这个就记住我了？

"我这个人，听过一次的名字就不会忘记。"

哦哦，那还真厉害。

"我刚刚还跟川口在一起呢。她目前照顾的一家人住在那个地方。"

"照顾？"

"您可别外传，那其实是给'万能咨询室'投过稿的人。川口她也不知该说是心太好，还是没法放着有困难的人不管，只要有她很在意的咨询，就会抛开工作，亲自登门拜访，听人家倾诉困难。"

哦，还真有她的风格。

"这次的咨询，我也有点在意，所以，我现在在跟川口一起给那家人提供各种关照。"

报社连这种事都会做啊？

"不过今天我有别的工作，所以一个人先回来了。啊，不好意

人生相谈

思，耽误您时间了。您正要去听小说讲座吧？"

"哎？呃，是的。"

"祝您好运。讲座结束后，还得回去上夜班吧？"

"啊？"

"是工厂打工吗？做饼干之类的？"

为什么？她怎么知道？

"那么，我就先告辞了。"

然后这位自称并木的女性，轻巧地向着车站一转身，走了。

宽治盯着她的背影看了一会儿，忽地"啊"了一声，大梦初醒般看了看自己手上拎的手提袋。对了，给"没用的妈妈"的回答，自己昨天熬夜写好的，不如托那个人转交好了？这段时间打工会很忙，应该很少有空跑到四谷的大洋报社去。他原本打算寄过去，所以套了个信封，但还没有贴邮票。

"那个，不好意思。"

宽治追上去，只见那个女人以跟刚刚一样轻快的步伐转过身来，一副等候多时的样子。

"可以的，我就代为保管了，会帮您转交给川口的。"

她伸出手。

这个人到底是怎么回事？自己还一句话都没说呢。她有超能力吗？

"透过您手上那个袋子，我能清晰地看到有个写着川口字样的茶色信封。"

啊，宽治慌忙拿好手提袋，这是打工的地方给他的。对方这么一说，他注意到这袋子是半透明塑料制的，里面装的东西看得一清二楚，包括小说讲座的会员证以及工厂的排班表等。而且，手提袋上还印着巨大的饼干标志。原来如此，她是从这些地方获得信息的。不愧是报社的记者。自己也该学学她这强大的洞察力。

想着这些，宽治道"那就劳烦您了"，并将那个茶色信封递给对方。

+

在那之后大约过了一周。宽治收到了一则来自川口寿寿子的喜讯。他写的"万能咨询室"的回答被采用了，会登在下周的早报上。于是神采奕奕的宽治努力做饼干，连加班都乐呵呵地接受，但不论如何，连勤八小时还是太难挨了。

"原田婆婆果然有问题。"是安田大姐的声音。

"原田婆婆怎么了？"榎本大姐回应。

宽治刚打完下班卡，就听到这样的对话。扭头一看，刚刚来上工的安田大姐和榎本大姐，正站在衣帽间门口闲聊。

"我昨天在小钢珠店门口看见原田婆婆了。我叫了她一声，她心情好得不得了，居然请我吃了顿烤肉呢，还是高级牛五花和里脊

人生相谈

肉！结账的时候，我偷偷瞄了一眼她的钱包，里面可是塞满了万元大钞啊。"

"塞满了……万元大钞？"

"对，绝对有问题。哎，你真的没发现她有什么古怪吗？你家跟她家不是邻居吗？"

"要说古怪……好像不知道哪天开始，她家里人变多了。一开始我还以为是亲戚来玩，但看他们过了很久都没走，最后就住下了。好像还有个自称报社记者的人常常会过来。"

"报社记者？"

"对，有两个女的，其中一个好像会做什么占卜的，原田家的老太太总说她算得准，可佩服她了。好像那个做占卜的跟她说，这个家有财神保佑，以后住在这个家的人之中，绝对会出现大富豪呢。"

"财神？"

"原田婆婆最近那么阔，是不是因为那人说的财神显灵了啊？"

"胡说什么呢，占卜那种东西怎么可能是真的。"

"也是啊，都是胡说八道的吧。我在家门口也凑巧碰见其中一个女记者，她说我老公被卷进什么麻烦里了，可是根本没有那种事啊。"

真是的，这两个大婶一天到晚传闲话，满口"身体不行了""累瘫了""再这样下去要累死的"，可是八卦起来一句都不少，女人这种生物，总是超乎你的想象。

反观我呢，还有力气站着都算不错了。昨晚又是夜班，稍微眯一会儿就得去听小说讲座，在讲座上还要被人严厉批评自己刚刚写出来的小说，在体力及精神力被耗得一干二净的状态下，又回来上夜班。八个小时啊，连做八个小时甜腻腻的饼干，身心都再也撑不住了。唯一的心灵支柱，顶多就是自己写的回答能登在下周的早报上这件事。

"哎呀，野山小弟，辛苦啦。"

安田大姐似乎发现了自己，但宽治连用目光回应的力气都没有，只能留下一句"辛苦了……"走出房间。

他走了一会儿，好像听到身后的安田大姐喊他"野山小弟"，但宽治没有停，慢吞吞地一直往前走。

"野山小弟，你掉东西了！"

掉东西了？什么？

"好像是一叠纸！是稿子吗？"

稿子？哦，那就是一叠不值一提的烂作，还被小说讲座的人批判得体无完肤。那东西，我不要了，帮我扔了吧。总之，今天自己只想尽快回家，像一摊烂泥一样睡上一觉。

但眯了两个小时左右，宽治开始非常在意那叠稿子。

那上面写的自然是小说，而且还署了"武藏野宽治"这个笔名。

这不就彻底暴露了自己想当小说家的事吗？不，在此之前，一想到那篇小说可能会被阿姨婶婶们传阅，宽治就感觉脸上在喷火。因为

人生相谈

那是一篇黏糊糊的色情小说。不,这并不是他主动要写的,而是讲座出的题目,所以他才拼了老命想描写得更煽情一点。

呃啊,太丢人了!得赶紧把它拿回来!

宽治火急火燎地回到四小时前刚刚离开的饼干工厂。

"呀,野山小弟,怎么啦?"

正在准备下班的榎本大姐戏谑地喊他。

"那个,安田大姐,今早……掉的东西。"

可能是心急的缘故,他说出来的话磕磕绊绊,但榎本大姐似乎顺利理解了他的意思。

"哦,那叠稿子?安田拿回家去了。"她脸上好像挂着一脸坏笑。难道……她读过了?不对,比起这个……

"她把稿子……拿回去了?"

"嗯,大概就一个小时之前吧。那果然是你的东西啊?"

她这么一说,宽治感觉浑身的血液都倒流了,只有脸像被浇了开水一样烫。

"不……是我熟人的。"但他还是尽量面无表情,尝试掩饰。

"哦,这样啊?你那个熟人是小说家吗?"

"啊,算是。那稿子好像挺重要的,所以我希望她能马上还我。"

"哎呀,是这样?哦,那她这个时候可能在原田家呢。"

"原田家?"

"她似乎非常在意原田家的情况,所以气势汹汹地说要直接去问那家人。真是的,她那个人就是爱偷窥。简直媲美写真周刊的狗仔队,没准狗仔队都不如她。要不,我跟你一起去吧?原田是我家的邻居嘛。"

14

【二〇一四年】

武藏野宽治最后一次看见川口寿寿子,就是在那时。

就在前往原田家,从安田大姐手中讨回稿子的路上。

他看到了川口寿寿子的背影。那时,她正要从巴士站附近的公用电话亭里出来。宽治忽地有些在意,于是告别榎本大姐,跟上川口寿寿子,但是在车站附近跟丢了。

从那以后,他便再也没了川口寿寿子的消息。

而且,那叠稿子的事也没了下文。

因为,本应持有那叠稿子的安田大姐,那天之后也销声匿迹。

而那叠原稿,现在就放在家里的茶几上。

宽治整个人沉在两千万日元的沙发里,尝试想明白这到底是怎么一回事,但怎么也得不出答案。于是他探出身子,以认输的态度打算询问坐在对面的妻子。而妻子先他一步开口:"这是你的稿子吗?"

"对,是我写的。那是大概二十年前,小说讲座布置的课题……

人生相谈

可是，为什么在你手上？"

"那么，果然是你干的。"

"啊，我干什么了？"

"你还装傻吗？我不是总叫你有事别瞒着我吗？你和我拴在一根绳上。多亏了我在背后支持，才能有今天的你。你是我一手栽培起来的，所以不准对我有秘密。"

又是这话吗？为什么每个人都爱这么胡说八道？

"武藏野宽治是由我自己栽培的。"

开什么玩笑。我能有今天，几乎都是靠自己的努力。就算真有谁栽培了我，那也是川口寿寿子。至少，她还给了我创作的提示。

"你把实话都告诉我，我会保护你的。我有心理准备，为了保护你，我什么事都敢做，而且那个男的我也已经帮你除掉了。"

那个男的？除掉？

"就是那个福善舍校阅部的啊，叫什么高桥的。那个男的明显抓到了蛛丝马迹，所以我跟踪他，一直等到地铁站台上……"

你到底在说什么？

"我不惜做到这个份上都想保护你！所以实话告诉我！那是你干的吧！"

"所以说，我干了什么啊！"

"别装傻，我已经受够你那张扑克脸了！一定就是你干的！"

所以说，什么就是我干的啊？

在宽治听到答案之前,他的额头一阵钝痛。妻子好像丢了什么东西过来。水晶制的摆件滚落在脚边,那是妻子两年前买来的老鼠摆件,说是幸运物。

难道她刚刚用这玩意砸了我的头?你在干吗啊,痛得要死好不好?啫,瞧瞧,伤口喷了这么多血呢!弄得沙发上到处都是,这可是价值两千万日元的沙发啊!

喂,芳美,不准逃,给我想想办法,我血都喷成这样了!

芳美,等一等,站住!

宽治捡起脚边的水晶摆件,就像她刚刚对自己做的那样,丢向妻子那边。

嗝呃!

从未听过的声音响起,然后,妻子就像稻草一样软绵绵地垮了下去。

+

"你要……写成小说吗?"

听到加内特·咲耶——并木郁子的疑问,樋口义一直言:

"没错,我要把这一切写成小说。"

"一切?你搜集到的信息只是很少一部分罢了,并不是你所说的一切。"

人生相谈

"什么？"

"你说你买了那栋平房对吧。买下来之后，你打算做什么？"

"都说了，那栋房子的某处……我想多半是仓库里，可能有我妈的尸体……"

"尸体，也许有吧，但不是你妈妈。"

"什么？"

义一的气势一下子弱了下去。原本的表情崩塌，就像被出了难题的孩子一样无助。

"你想知道一切吗？"

听了这个问题，义一沉默了一分钟，才点点头。

于是，郁子拿出一沓便笺纸，放在义一的面前。

"这是二〇〇三年，'万能咨询室'收到的一封投稿，里面记述了有关某个杀人案的故事。但是考虑到这位投稿人，我一直很烦恼要不要把这件事公之于众。但如今既然你说要把它写成书，那或许是个好机会。总之，你先读读看吧。"

+

这是我第一次给贵栏目投稿。我是男生，今年读初中二年级。

前些天，我从图书馆借了一本叫《剃刀下的友谊》的书，并读完了。不愧是最佳畅销书，这个故事非常有意思，就连分尸杀人的过程都写得很真实、很刺激，尤其是对肢解的具体描写，我看的时候都不禁干呕起来。但读了那本书之后，我就开始做奇怪的梦。也不知道是梦，还是记忆。是的，看来《剃刀下的友谊》中的杀人场景成了一把钥匙，打开了我一直封存在心底的记忆。

那件事发生时，我还很小，都还没读小学。

当时我躲在壁橱里。关于为什么我会在壁橱里，也许是因为我想吓唬当时一起住在我家的叫"小刚"的男孩子。我打算躲进壁橱，等到小刚回来了就跳出去，"哇"地吓唬他吧。我在壁橱里面躲了很久。我渐渐有点厌烦，开始物色壁橱里的东西。壁橱里非常有趣，我彻底忘了最开始的目的，小小的身体四处乱钻，把装衣服的箱子和纸板箱乱翻一气。最终，我在壁橱深处被衣服盖住的角落里找到了那个东西。那是个很古朴的盒子，就是所谓的"柳条箱"吧。当然，我打开看了看，里面装着一个黑色的垃圾袋，袋子的边角有被人拆开又封起来好几次的痕迹，而那个时候袋子是打开的。我往里一看，看到了一万日元的纸钞，而且是一捆一捆的，扎扎实实。当时的我虽然年幼，却也马上就明白过来那是多么贵重的宝物。

"我找到宝藏啦！"

年幼无知的我非常开心。然后为了让家人称赞自己的功劳，我拖着那只垃圾袋从壁橱里钻了出来。

妈妈，奶奶，快看，我找到宝藏啦！

我拖着那个垃圾袋，推开隔壁房间的拉门。

人生相谈

那个九平方米的房间里,有妈妈、奶奶,还有时不时会来玩的一位叫川口的阿姨。本来跟我们一起住的还有几个人,但是当时,只有她们三个在。

我掀开那个垃圾袋,三个人的脸色都忽然变了。母亲和祖母都面色铁青,川口阿姨的脸却一下子涨得通红。

"你们果然捡到钱了!"她怒吼道,"太太,您也是知情者?"

"不,我不知道,我刚刚才看见的。"母亲就像求饶一样慌忙辩解。

"只有我自己知道,别人都不知道的,只有我知道的!"祖母也拼命开脱。

"您为什么不对我说实话!您该不会花了这钱了吧?就算这样,还是得交给警察。我们现在就拿去交给警察吧!"

后来川口阿姨逼问了祖母很久很久。祖母一会儿哭,一会儿笑,还跪在地上磕头。抵抗了许久,最后终于白眼一翻昏倒,一动也不动了。

"杀人犯!"

说这话的人是母亲。在此之前一直像个门神一样叉腰站在那里责备祖母的川口阿姨,竟然蜷缩起身体,像被冲上浅滩的水母一样跌坐在榻榻米上。

"杀人犯!杀人犯!"母亲嚷嚷个不停。她还喊"报警,报警"。

"请等一等，我会去自首的。我会自己去警察局的，所以，请不要报警。"

我也听说过，如果在他人报警之前自首的话，罪名会相对较轻。恐怕川口阿姨就是那么想的。她嘴里念叨着"自首"两个字，冲出了我家。

她前脚刚走，住在附近的一个叫安田的阿姨后脚就来了。安田阿姨好像是跟祖母一起打小钢珠的朋友。

"婆婆，去打小钢珠吗？"

她一边开朗地喊祖母，一边大步流星地走进我家。

母亲没来得及藏好的那个垃圾袋，被安田阿姨看到了。

"传言都是真的呀！"

安田阿姨探头看着那个垃圾袋，喜出望外地说。

"不是的，不是的！"

我母亲的脾气本来就容易着急。就算不是，当时一时间发生了那么多事情，她完全不在正常状态。也不知她当时在想什么，拿起房间里的熨斗就往安田阿姨头上砸。安田阿姨的眼睛一下子血红一片，脸朝下栽进那个垃圾袋里了。虽然流了很多血，但是多亏垃圾袋里的东西吸收了大部分，房间没有弄脏。

祖母醒来是在这之后过了一会儿。是的，我的祖母其实只是轻微脑震荡，并没有死。

但是安田阿姨的确是死了。母亲和祖母窃窃私语商量该怎么办。

人生相谈

最后初步决定先把尸体藏起来，于是她们把安田阿姨抬进了仓库。

我的记忆就到此为止。虽然我当时年纪小，但也觉得这个惨剧是由自己引起的，感觉责任太沉重吧。我应该是以封印记忆的形式，跟自己做了个了断。或者，是母亲和祖母在无形之中遏制着我的记忆。她们两位现在都不在世了，所以也无从确认了。

但我最在意的是安田阿姨的尸体。我看到过母亲和祖母好几次一到半夜就偷偷溜进仓库做什么事。我猜，她们搞不好是在处理尸体。

也是那个时候，祖母和母亲的状态开始不对劲。两人都开始害怕某种无形的东西。因此她们总是处在烦躁的状态，常常跟与我们住在一起的那家人发生冲突。或许是因为这个，祖母变得体弱多病，终究去世了。被留下的母亲一人心中越发恐惧，每天都跟同居的另一家人吵架，日子过得就像地狱一样。

母亲的恐惧达到极点，是在我上小学四年级时的十月。那是跟我们同住的"小刚"要办生日派对的前一天。那晚她们一如既往地在吵架，其间喊出的"警察"这个词让母亲恐慌发作，然后她带着我和姐姐，什么行李都没有拿，连夜逃走了。而她现在也已经去世了，是自杀的。

我实在非常在意那个仓库。那里恐怕有安田阿姨的……不知到了现在，究竟变成什么样了……

我满脑子都是这些事，近来根本无法专心学习。姐姐作为我唯一的血亲，说要把我培养成医生，为此不惜干很讨厌的工作来养我。为了回应她的期待，我本该努力学习才是。我究竟应该怎么办呢？

原田健太郎

义一读完这篇文章后，到提出以下问题之前，花了将近一个小时。

"那……妈妈她，现在在哪里？"

+

"我再问你一次。请问你叫什么名字？"

对于年轻男律师的提问，那个女人回答："西野奈奈子。"

律师一副"我受够了"的神情耸耸肩。奈奈子……也就是"无名氏"的变音①。真是把人当猴耍。

他原以为为这个在车站月台施暴的女人辩护会很轻松。受害者伤得不重，只要双方私了，准备点赔偿金，争取一下缓刑就轻松解决了……本该是这样。

可是深究下去，这个嫌疑人竟然大有名堂。名字是假的，还对别的个人信息彻底保持缄默。这导致检方一直无法起诉她，拘留期限也一延再延。到上个月终于开庭，可却仍然不得不在被告人身份不明确的情况下进行。

---

① 奈奈子和无名氏的日语读音分别是nanako和nanashi。——译者注

人生相谈

"你再这样就真的要给你判刑了，无所谓吗？"

"判刑？"

"是啊，没错。你的情况本来可以缓刑，但再这样下去，你就要吃实刑了。"

"伤害罪是判多久来着？"

"十五年以下有期徒刑或处五十万日元以下罚金。"

"那么，请处我罚金。"

"这不是我能决定的。"

"那么，有期徒刑我也不介意。"

"为什么？为什么你就是不愿意告诉我真实身份？"

那是因为……

自称西野奈奈子的女人双手合十，十指交握，而后嘴里开始念念有词。

孩子对父母所求的无非是"骄傲"罢了……孩子对父母所求的无非是"骄傲"罢了……孩子对父母所求的……

又开始了。她到底在做什么祷告啊？又或者是诅咒？每次探视，她都会来这一出。

真是的，碰上她算自己倒霉。

"那我知道了，服刑也不介意是吧？"

律师丢下这句话，离开了房间。

自称西野奈奈子的女人，又开始从头复诵那篇已被她翻来覆去背了不知几万次的文章。

人生相谈

回复没用的妈妈：

养育孩子想必有着诸多辛苦。偶尔情绪比较冲动非常可以理解。尤其是您还要兼顾父亲的角色。或许正是您的这种发奋，反而催生了那些"冲动"吧？还有，您一心想要成为更好的母亲，但这念头反而会让过于沉重的责任压垮了您。

其实您不需要去成为完美的母亲。只要成为能让孩子以您为傲的母亲就好。是的，只要通过您的工作和人生态度，向孩子展示正确的道路就好。

孩子对父母所求的无非是"骄傲"罢了。

北京市版权局著作合同登记号：图字 01-2024-4138

《JINSEISOUDAN》
© Yukiko Mari 2017
All rights reserved.
Original Japanese edition published by KODANSHA LTD.
Publication rights Simplified Chinese charactor edition arranged with KODANSHA LTD.
Through KODANSHA BEIJING CULTURE LTD. Beijing,China.
本书由日本讲谈社正式授权，版权所有，未经书面同意，不得以任何方式做全面或局部翻印、仿制或转载。

图书在版编目（CIP）数据

人生相谈 /（日）真梨幸子著；戴枫译. -- 北京：台海出版社, 2024.11. -- ISBN 978-7-5168-3951-5

Ⅰ. I313.45

中国国家版本馆 CIP 数据核字第 2024WX8931 号

人生相谈

著　　者：[日]真梨幸子	译　　者：戴枫
责任编辑：员晓博	封面绘制：李宗男
封面设计：李宗男	

出版发行：台海出版社

地　　址：北京市西城区红莲南路 57 号　　邮政编码：100055

电　　话：010-64041652（发行、邮购）

传　　真：010-84045799（总编室）

网　　址：www.taimeng.org.cn/thcbs/default.htm

E-mail：thcbs@126.com

经　　销：全国各地新华书店

印　　刷：北京盛通印刷股份有限公司

本书如有破损、缺页、装订错误，请与本社联系调换

开　　本：880 毫米 × 1230 毫米	1/32
字　　数：260 千字	印　　张：10.25
版　　次：2024 年 11 月第 1 版	印　　次：2025 年 4 月第 1 次印刷
书　　号：ISBN 978-7-5168-3951-5	

定　　价：56.00 元

版权所有　　翻印必究